Mit freundlicher Unterstützung der Kulturabteilung der Stadt Wien

Umschlag: & Co www.und-co.at
Satz: AD
Druck: Theiss

MIX
Papier aus verantwortungsvollen Quellen
FSC® C012536

ISBN 978-3-99059-006-5

Literaturverlag Droschl Stenggstraße 33 A-8043 Graz
www.droschl.com

Gertraud Klemm

Erbsenzählen

Roman

Literaturverlag Droschl

»There is a princess in all our heads: she must be destroyed.« – Laurie Penny *Unspeakable Things: Sex, Lies and Revolution*

1

Vor der Garderobentür schlagartig Turnsaalgeruch, nicht überraschend, aber in dieser Heftigkeit dann doch, ein Bubengeruch, noch nicht beißend, aber schon eine Spur Raubtier. Das müssen die einschießenden Hormone sein, die Gummisohlen ihrer Schuhe und ihr Milchbubenatem. Sie stehen dicht und wackelnd auf einem Bein, draußen verstopfen sie den Zugang zur Kabine, reden dabei miteinander, ich stehe knapp hinter Elias, warte darauf, ob er sich durchsetzt und vorbeiquetscht.

Lass ihn am besten in Ruhe, lass ihn erwachsen werden, hat Alfred gesagt, alles Übrige ergibt sich schon. Elias entscheidet sich für einen Spind, und ich ziehe mich diskret auf den Gang zurück.

Alfred hat den Literaturkritiker zu Besuch, es sei etwas Wichtiges, sagte er, aber auch das Turnier sei wichtig. Elias hatte keinen Einwand, dass ich anstatt Alfred oder Valerie mitkomme, aber einen ausdruckslosen Gesichtsausdruck hatte er schon für uns. Er könne das alleine, sagte Alfred, eigentlich könne er alles alleine, was nicht die Eltern für ihn erledigen, aber das ist nicht sehr viel, fürchte ich. Was hat er denn davon, wenn die Stieftussi dasitzt und zusieht, Stieftussi, so sagt er zu mir, wenn ich scheinbar außer Hörweite bin, ich habe es ihn letzte Woche zischen gehört, im Vorraum, zu Alfred, aber es tat gar nicht richtig weh. Man muss ihn nicht mögen, um ihn zu verstehen.

Jedes Kaff hat seinen Fußballplatz, so klein kann es gar nicht sein. Eine Kirche, ein Kriegerdenkmal, einen Fußballplatz, das ist die Grundausstattung, alles andere, Arzt, Bäcker, Feuerwehr, ist Luxus. Kirche am Sonntag, das muss nicht unbedingt sein, Fußball am Samstag schon eher. Den Kindern zuschauen, das ist wichtig. Überwiegend Väter da, mit wenigen Ausnahmen, eine der wenigen Ausnahmen hat Permanent Make-up auf den Augenlidern, angeblich wird das tätowiert. Man müsste mich narkotisieren. Manche stehen schon unter dem Vordach der Kantine, manche verschwinden in der Kantine, manche richten es sich im Zuschauerbereich auf den Plastikstühlen und Bänken ohne Lehne gemütlich ein. Nur wenige gehen noch mit zu den Kabinen. In der Früh herbstelt es schon voll, sagt die mit den tätowierten Augenlidern zu niemand Bestimmtem, während sie sich tiefer in ihre winterlich aussehende Jacke verkriecht. Spricht sie mit mir? Ich flüchte zum Spielfeldrand und sehe auf die Uhr.

Die Väter beim Fußball, die Mütter bei allen anderen Veranstaltungen, so viel habe ich in den letzten eineinhalb Jahren beobachten können, bei den wenigen Events, bei denen ich Elias' Mutter *ausnahmsweise*, wie Alfred gerne sagt, vertreten durfte. Ausnahmsweise auf dem Fußballplatz beim Match zusehen, ausnahmsweise vom Training abholen, ausnahmsweise zu einem Freund bringen. Elias' Mutter ist sehr bemüht, die Ausnahme nie zur Regel werden zu lassen, und dabei so freundlich: Sag doch Valerie zu mir, wenn wir uns schon die Familie teilen, sollten wir keine unnötige Distanz aufbauen.

Eine dunkelgraue Wolkenbank schiebt sich über den frühherbstlichen Fußballplatz. Sie sieht nach Hagel aus, nach nahem Winter, nach einem eiskalten Regenguss und durchnässten vorpubertären Buben, nach einer Nebenhöhleneiterung, die ich Elias eingebrockt habe, weil ich meinen Stiefmutterpflichten nicht nachgekommen bin und kontrolliert habe, ob er die Vereinsregenjacke mitgenommen hat. Ob sie noch im Alfa liegt? Ich gehe meiner Verantwortung nach, zum Auto, tatsächlich, die Regenjacke auf der Rückbank, ich nehme sie, trage sie in das Nebengebäude und bleibe vor dem Umkleideraum stehen, an die Wand gelehnt, so wie zwei Väter. Wenn er aus der Kabine kommt, werde ich sie ihm mit einem schwesterlichen Augenzwinkern unterjubeln, darauf bedacht, keinen Funken Bevormundung aufkommen zu lassen. Die Tür zur Kabine ist angelehnt, man hört die Buben lachen und cool reden. Ich stelle mir vor, wie Elias seine Sachen in den Spind stopft, die Hose verdreht und das T-Shirt auch, so wie zu Hause, wahrscheinlich die dreckigen Schuhe oben auf. Diese Sache mit der Wäsche, warum stört mich das so an ihm, muss ich seine Wäsche waschen und bügeln? Nein, das macht Valerie, warum also unbeliebt machen und es ansprechen, es überhaupt andenken. In ein paar Stunden ist er wieder bei Mama, und in ein paar Jahren ist er ganz aus dem Haus, und Alfred und ich haben einander und endlich Ruhe. Theoretisch. Wenn ich mir das so überlege, ist das die Schokoladenseite des Elternseins, die Spitze der Bedürfniserfüllungspyramide, ganz unten das Gebären und die Windeln, darüber gleich das ständige Putzen, das Kochen, die Wäsche, das Einkaufen, so klettert man jahrelang hinauf, Hausaufgaben, Lernen, Trösten, und ich darf auf der Spitze der Pyramide sitzen und die schöne Aussicht auf ein U14 Match genießen und die gute Luft, alles völlig unverdient! Andere würden sich darum reißen.

Hier kann ich sitzen und passiv meine Patchworkpflichten abdienen, ich kann mir diese völlig absurde Fußballwelt einmal hautnah ansehen, es ist wie eine Exkursion an einen Ort, den man nicht mögen muss, um ihn, für einen kurzen Zeitraum zumindest, spannend zu finden. So wie eine Kläranlage. Eine Kläranlage ist kein Ort der Erbauung, aber wichtig, sie muss funktionieren, so wie diese Fußballnachmittage mit den Kindern funktionieren müssen. Ohne Kläranlage und ohne Fußballkinderwelt gibt es keine funktionierende Gesellschaft, zumindest nicht für Alfred und mich.

Wenigstens müssen Elias und ich einander keine Stief-Liebe vortäuschen. Ich nehme mein Handy heraus und tippe ein bisschen darauf herum, lösche mechanisch SMS und alte Fotos. So sieht das also aus, das harmonische Familienleben. Der Vater zu Hause in einen Dialog über Knausgård vertieft, Mutter in

Venedig, Sohn und Stieftussi am Sportplatz. Valerie ist dort auf einem Kongress, sie hält sogar einen Vortrag, irgendwas mit Gender. Endlich wieder eine gute Auftragslage, endlich wieder voll im Stress, hat sie erleichtert geseufzt, als sie schwungvoll um den Golf herumgegangen ist, um ihrem Sohn die Tasche herauszunehmen, dabei sind ihre ausgeföhnten, honigfarbenen Locken im Takt auf- und abgewippt. Elias ließ sich einen Kuss auf die Wange drücken und stand zerzaust da. Ich vergönne Valerie Venedig, das ist das Schlagobers zum Alltag, und von mir aus vergönne ich ihr ein Liebesabenteuer, das ist die Karamelsoße darauf. Darüber weiß ich aber nichts. Alfred hält sich bedeckt, um mich oder sich selbst zu schützen, oder vielleicht weiß er wirklich nichts.

Ein paar Buben kommen aus der Umkleidekabine und steuern das Klo an, ich sehe kurz, durch den geöffneten Türspalt, dass Elias noch immer nicht im Dress ist, sein nackter Oberkörper nicht mehr kindlich, mager, knabenhaft, es zeichnet sich bereits ab, dass er Alfreds leptosome Arme bekommen wird. Er reißt gerade den schön gefalteten Fußballdress achtlos aus seiner Tasche, immer dieses Zornige in seinen Bewegungen, als würde er zu jeder einzelnen Handlung in seinem kleinen Bubenleben gezwungen. Die vorbeidrängenden Spieler riechen blümchenfrisch, diese Frauen verwenden alle Weichspüler, mit dem halten sie den Knabengeruch in Schach, so wie Valerie, der ganze Familiengeruch wird unter »Regenfrisch« oder »Sommerwind« begraben. Wenn Elias am Wochenende bei uns schläft, zieht er diesen Geruch hinter sich her wie einen synthetischen Geist.

Ich hasse Fußball, ich habe Bälle immer schon gehasst. So ein Ball ist eine Waffe, wenn man kein Ballgefühl hat, das Wort Gefühl ist völlig fehl am Platz, es sollte Ballgewalt heißen. Was hat sich Mutter Natur nur dabei gedacht, dieses Ball-Gen in den Genpool zu werfen, es so sorglos den ohnehin schon Stärksten und Gröbsten zu überlassen? Wahrscheinlich war das, was man als Ballgefühl bezeichnet, einmal als Früchtegefühl vorgesehen, damit man vom

Baum fallendes Obst besser fangen kann, oder es war ursprünglich als Steingefühl gedacht, denn so ein Stein soll gut in der Hand liegen, bevor man ihn einem anderen Neandertaler über den Schädel zieht. Aber vermutlich hat sich Mutter Natur gar nichts dabei gedacht, wie so oft, da war einfach ein dominantes Gen, das einen grandiosen evolutionären Vorteil gebracht hat, und das wiederum wäre eine Erklärung für die Besessenheit der Gesellschaft von dieser Ballspielerei, ihre Hysterie bei jeder EM, WM, Olympiade.

Der Trainer kommt auf uns zu, verkaterter Eindruck, er trägt eine Kappe, aus der die blonden Haare hervorsprießen und über die verschwollenen Augen hängen, er nimmt die Kappe kurz ab, kratzt sich den niedergetretenen Binsengraspolster, setzt sie wieder auf, die Nase zu großporig für das Alter. Er nickt uns zu, geht in die Kabine, zieht die Tür zu, wir hören gerade noch, wie er sagt: Morgen, Teambesprechung.

Jetzt setzen sich die Eltern in Bewegung, ich stehe da mit meiner Jacke, soll ich klopfen? Ich sehe Elias vor mir, peinlich errötet, sich für mich schämend, die Stieftussi, die unnötigerweise mit der Regenjacke im Weg herumsteht. Ich lasse es gut sein und gehe hinter den anderen her, zurück auf den Platz, wir sind eine pflichtbewusste Prozession, wir verteilen uns gleichmäßig im Zuschauerbereich. Samstäglicher Präsenzdienst am Nachwuchs, damit der Nachwuchs Teamfähigkeit lernt, Zusammenhalt, so etwas lernt man nicht mehr im alltäglichen Leben, überall nur sitzender Frontalunterricht und jeder gegen jeden und dazwischen alleine vor dem Bildschirm, also: Mannschaftssport.

Ich setze mich auf die Bank, der Wind ist von einer novemberhaften Bösartigkeit, keine Spur mehr von Spätsommer, meine Jacke ist zu dünn. Warum kann man bei so einem Wetter nicht schon drinnen spielen? Wir sitzen in Blöcken, es gibt vier Mannschaften und vier unterschiedlich gut bestückte Blöcke, manche Gemeinden haben einfach bravere Eltern als andere.

Wieso können Kinder nicht Sport treiben, ohne dass ihre Eltern ihnen dabei zusehen müssen? Beim Tennis haben die Eltern auch immer zugesehen, und die Geschwister, wir saßen immer alle durcheinander, die Gegner und wir, mein Bruder Daniel in der knappen Hose auf dem Platz, nervös trippelnd, den Schläger in der Hand drehend, Vater und Mutter brav bei jedem Spiel dabei, und ich auch, mit meinem Lackköfferchen, Annika, pack deine Puppen ein, Annika, pack dein Steckspiel ein, na, was weiß denn ich, pack halt ein Buch ein oder was auch immer, jetzt frag doch nicht immer, Annika! Mutter dann doch ungeduldig, denn irgendwann war der Tank leer, der Leistungssport hat einen hohen Verbrauch, Kalorien, Zeit, viel Geduld und Ausdauer, Ausdauer, das musste man immer zweimal sagen, zur Bestätigung, das zweite Ausdauer war wichtig, denn sonst wäre es nur ein ordinäres Hobby gewesen. Und als es endlich mit dem Tennis zu Ende ging, kam das Nesthäkchen, die Klette, die als ungeplante Spätgeborene – Mutter war immerhin schon zweiundvierzig – in unserem Alltag detonierte, und ich reifte direkt vom Barbie-Alter ins große Schwestern-Alter, und von da an hing die Klette an mir, zehn Jahre lang, und wenn ich nicht mit achtzehn ausgezogen wäre, hinge sie immer noch an mir.

Der erste Kaffee in Pappbechern wird geholt, und geraucht wird immer noch, trotz der Kinder und der Vorbildfunktion, nichts hilft gegen das Rauchen, nicht einmal das Kinderhaben. Im hinteren Teil des Sportplatzes wird jetzt aufgewärmt, die zwei Mannschaften, die beginnen, laufen, springen und schießen sich in Form, die Wolke ist vorbeigezogen, ein kurzer Wärmemoment, bevor die nächste Wolke kommt. Ist das ein Klima für Sport, ist das ein Klima für einen Samstag? Es ist kein Klima für mich.

Wie oft Alfred wohl bei einem Fußballspiel dabei war? Er hat sich bis jetzt fast immer herausgewunden aus der Verpflichtung, Valerie war bislang dafür zuständig, aber Valerie hat jetzt auch etwas anderes zu tun, die Metamorphose von der Mutter zur Frau geht genauso schleichend wie die von der Frau zur Mutter, und man kann es ihr nicht verübeln, das geht jetzt wohl seit knapp dreizehn Jahren so, dass sie eigentlich für fast alles zuständig ist. Ich kann mir Alfred schlecht mit Baby-Elias vorstellen, auch wenn die Fotos in seiner Stadtwohnung bezeugen, dass er ihn gehalten hat, ihn und sich ins Bild gesetzt hat, liebevoll und mit diesem Gesichtsausdruck, der immer ein bisschen überwältigt wirkt. Valerie habe sich bald nach Elias' Geburt von Alfred entfremdet, erzählte er, oder hat er sich von ihr entfremdet? Aus der Entfremdung wurde jedenfalls eine saubere Entwöhnung, die ohne große zwischenmenschliche Katastrophen auskommen durfte, woran Alfreds großzügige Alimente, die er vollmundig Reparationszahlungen nennt, sicherlich nicht unbeteiligt sind. Valerie und Elias jedenfalls sind fest miteinander verwachsen, aber irgendwann gehöre auch diese Nabelschnur durchtrennt, sagte Alfred, irgendwann gehöre dieses Gebrauchtwerden ausgeschlichen, und am besten geht das anscheinend, wenn so eine Betreuungspflicht von der Mutter an den Vater delegiert wird, der kann es dann an die junge Geliebte weiterdelegieren, bis der verwöhnte Fußballfratz irgendwann kein Zuschauerkomitee mehr braucht.

Alfred und der dicke Literaturkritiker saßen einander gegenüber, als ich mich heute Morgen verabschiedet habe, sie waren schon tief ineinander verkeilt, Knausgård wurde besprochen, schon wieder, leere Espressotassen, die Morgensonne streifte die Buchrücken hinter ihnen, den Staub auf dem Bücherregal, und die beiden haben die Köpfe gedreht und mich angesehen, da hat sich eine Erinnerung in mir breitgemacht, ich bin schon einmal so angesehen worden, nur – wo?

Die Kinder rennen wie verrückt herum, schon bevor das Spiel mit einem Pfiff überhaupt begonnen hat. Wie sie einander rempeln, wie sie foulen, ohne zu foulen, immer dieses Gegeneinander. Ohne Gegeneinander gibt es kein Miteinander, ohne Verlieren kein Gewinnen, ohne Krieg keinen Frieden. Völkerball mussten wir in der Schule spielen, es hätte Völkerkrieg heißen müssen, verstecken ging nicht, das Einzige, was half, war, sich möglichst früh abknallen zu lassen, am besten von einem Mädchen, die schossen die Bälle nicht so scharf, außer den zwei Barbaras, die gut werfen konnten, die zielten den Mädchen vorsätzlich auf den sprießenden Busen und den Buben in den Schritt.

Das Wort Völkerball haben die Reformpädagogen angeblich aus dem Turnunterricht-Lehrplan herauskorrigiert, so wie sie den Neger aus den Schulbüchern korrigiert haben und die Bundeshymne ganz konsequent mit Töchtern singen. Aber leider nur das Wort, sie haben es einfach umbenannt, Merkball heißt es jetzt, aber der Ball ist geblieben, und Leuten wie mir hilft so etwas auch nicht.

Jetzt der Anpfiff und gleich das erste Tor gegen Elias' Mannschaft, zweites Tor gegen Elias' Mannschaft und das schon in der dritten Spielminute, ich habe keine Ahnung von den Regeln, aber es sieht nicht gut aus für *uns*. Der Trainer beginnt auf und ab zu gehen und mit dem Kopf zu schütteln. Immer, wenn ich mich auf das Regelwerk konzentrieren will, verschwimmt das Spiel vor meinen Augen, aber da sind die Schreie der Zuschauer und die Pfiffe des Schiedsrichters, die retten mich. Jetzt fällt mir plötzlich ein, woran mich Alfred und der Literaturkritiker erinnert haben. Joschi und sein Freund Lukas in Joschis Jugendzimmer auf dem Bett, wir waren sechzehn, und Lukas war völlig entwurzelt, als ich zur Tür hineinkam, in dem Raum gab es keinen Platz für drei, so eine Dreierkonstellation in diesem Alter ist absurd. Aber Joschi versuchte, abwechselnd mit mir in Körperkontakt zu treten und mit Lukas über das 22-er Modul seiner neuen Vespa zu sprechen, bis Lukas entnervt das Feld räumte und Joschi mir in seiner Verzweiflung die Zunge noch ein bisschen tiefer in den Rachen steckte als sonst.

Wenn mein Block grölt, mache ich auch ein Geräusch, ein Raunen muss reichen, ich spüre, wie sie mich beobachten, von der

Seite, 0:3, *Uuuuh* macht unser Block. Der Trainer beginnt, sich desillusioniert sein Gesicht zu reiben. Diese seitlichen Stielaugen, die sich so schnell zurückziehen können, wenn man dann den Kopf wendet, *wer ist denn das, das ist aber nicht die Mama,* die *neue Junge vom Radiomoderator*, oder *vom Opi, der aber der Papi ist.*

Ein Fußballverein lebt vom Tratsch der Eltern, vom Alkohol des ersten Spritzers, bei so einem Turnier ist viel Zeit zum Schauen und Reden, wenn die anderen Mannschaften spielen und man trotzdem zusehen muss. Ich spüre die Neugier, aber auch das Verständnis. Man versteht Alfred ohne langes Nachdenken, dass er sich eine Jüngere sucht. Man versteht auch, warum sich die Junge ausgerechnet Alfred ausgesucht hat. Alfred ist der silberschläfige Kulturradio-Moderator mit der Waldhonigstimme, die man auch aus den Universum-Fernsehsendungen kennt und aus der Werbung. Diese Stimme, die einen dunkel und packend überrollt, sie kriecht einem ins Ohr und von dort weiter in den Bauch, während man hört, warum das Tölpelweibchen kein Futter finden kann, wer das Klavierkonzert dirigiert hat und dass es nur eine Versicherung gibt, die tatsächlich auf unserer Seite ist. Weil Alfred berühmt ist, ist er auch entsprechend gut vernetzt, und wie alle, die so gut vernetzt sind, muss er auch reich sein, und eine nicht mehr ganz junge Kunstgeschichtestudentin ohne große Ambitionen und ein alternder, renommierter Kulturredakteur beim Radio, das passt wie die Fliegen auf den Scheißhaufen, das habe ich unlängst in einem dieser Wirtshäuser gehört, in denen Alfred so gerne zu Mittag isst, eines dieser Gasthäuser, wo sie die Gerichte noch nach Tierarten sortieren: *Vom Rind*, *Vom Schwein* bekommen je eine eigene Kategorie, Huhn, Forelle und Pangasius hingegen müssen sich unter *G'sund & G'schmackig* zusammendrängen, neben den Fertig-Gemüselaibchen.

Was man sich jedoch nicht vorstellen kann, trotz langen Nachdenkens, ist erstens die Sache mit den Kindern und zweitens, dass eine Frau es in Kauf nimmt, dass sie dann übrig bleibt und noch ein paar Jahre überlebt, wenn der Radiomoderator früher stirbt. Vor allem die Frauen können das nicht verstehen, dabei sollten gerade sie es besser wissen, denn bleiben nicht so gut wie alle Frauen übrig, weil die Männer früher sterben? Und sind Kinder wirklich das einzig Wahre, das man auf gar keinen Fall versäumt haben darf? Kann es nicht auch eine Atlantiküberquerung, ein Medizinstudium, eine Everestbesteigung, der Jakobsweg, vielleicht sogar Eremitentum sein? Was ist es bei mir? Wenn ich das wüsste.

Seit dem ersten älteren Mann, dem Bildhauer, interessieren mich die jungen Männer mit ihrem biografischen Pflichtenkatalog nicht mehr. Der Bildhauer fackelte nicht lange herum, er holte sich, was er brauchte, und gab, was im Überfluss da war. Beides war nicht besonders viel. Aber es ging um nichts anderes als um ihn und mich. Und nicht um ungeborene Kinder und ungebaute Häuser und schemenhafte Karriereleitern. Dieses Tanzen und Saufen gehen, das hat aufgehört, ab Mitte zwanzig wurden alle ernst und die belanglosen Gespräche über Musik, Politik und Weltschmerz verschoben sich zugunsten der Gespräche über die Berufe und die Erfolge, über das Vorankommen, eine einzige Erbsenzählerei. Man pickt sich die schönsten und größten Erbsen heraus, Gebrauchtwagen, 50-qm-Wohnung, und vergleicht sie mit den Erbsen anderer; und natürlich gibt es immer noch schönere und noch größere Erbsen, die man haben wollen soll, Neuwagen, Investmentfonds, Eigenheim, Wochenendhaus, Urlaube und natürlich der Nachwuchs, alles wird auf Facebook gepostet und beim zehnjährigen Maturatreffen auf den Tisch gekippt.

Seit ich Mitte zwanzig bin, habe ich das Gefühl, dass die Beziehungen in meiner Umgebung zu profanen Werkzeugen des Kapitalismus verkommen sind. Vordergründig mag es um Gemeinschaft und Sex gehen, aber im Hintergrund bastelt die Gesellschaft an der nächsten Generation von Weicheiern und Versagern, die es nicht erwarten können, sich vom Erwerbsleben versklaven zu lassen. Da überkommt mich eine Müdigkeit, für die es doch viel zu früh ist, da fühle ich mich schon alt, ohne zuvor richtig erwachsen geworden zu sein. Alfred hat die Taschen schon voller Erbsen. Mit ihm muss ich mich keinem gesellschaftlichen Zwang unterwerfen, mit ihm kann ich länger jung sein, obwohl er so viel älter ist. Das ist es, was keiner versteht, warum ich mit Alfred so weiterleben kann, von einem Tag zum anderen, als Mensch ohne Arterhaltungstrieb, ohne Erbsensammeln, als Jetztling.

Elias geht natürlich nicht mit diesen Dorfgazellen, die hier vor dem lokalen Eissalon die Zeit totschlagen, in die Schule, sondern fährt schön brav am Sonntag nach dem Mittagessen nach Wien und am Montag ins Lycée, dort wird er wieder vom Landmief des Wochenendes rehabilitiert, auf Französisch und Alsergrundisch.

Wie lange dauert so ein Match? Und wie lange dauert das Turnier? Elias' Mannschaft spielt heute gegen Mannschaften der umliegenden Gemeinden, die Gemeinden haben Namen, an die ich mich nicht gewöhnen will, es sind Namen, die nicht einmal nach Kuhmist riechen, sondern nach Bobo-Land, nach zentralen Kompostieranlagen, und in Sehweite immer das Fachmarktzentrum. Da ist so ein abstruser Biedermeier rund um die Großstadt, mit seltsamen Paarungen: Aufgeklärtheit und Erstkommunion, Sternparkett und Ackerkrume, Freigeist und gebundenes Kapital. Warum will Alfred hier freiwillig wohnen? Weiß Alfred überhaupt, wo das wirklich ist, das *richtig auf dem Land?*

Dreckstetten, Fertigteilhausen, Schiachenkirchen, das wären doch Namen für diese Speckgürtelgemeinden um Wien. Ich forme sie lautlos mit den Lippen und klappe dabei die Unterlippe nach unten, man muss das ganz wienerisch heraussuppen lassen, Schiachnkiachn. Alfred wäre gekränkt, gefällt er sich doch in der Rolle des Schönkirchner Wochenendschönwetterbauern. Manche Stadtmenschen ziehen ins Grüne, wenn die Kinder kommen, aber die Intellektuellen warten länger damit und ziehen nur am Wochenende ins Grüne, wenn die Zeit gekommen ist für das

Erdige, das Gärtnern, das bisschen Fensterrahmen-Lackieren und Holzhacken, wenn die Hände sich nach Blasen und Schwielen sehnen, der Vollständigkeit halber. Noch einmal ein bisschen Naturmensch spielen, im Weinviertel, im Waldviertel, das wahre, warzige Segment des Lebens, das noch fehlt, das man aber nicht versäumt haben darf, solange die Bandscheiben mitspielen. Wie er immer unterstreicht, dass es der *alte Bauernhof* seines Großonkels *mit eigenem Brunnen* ist, aber der Brunnen ist nitratverseucht und das Haus nicht mehr als ein kleines Nebengebäude, das stehen geblieben ist, während der eigentliche Hof weggeschimmelt ist. Er hat sogar ein paar Zeilen Weingarten, die im Erbe enthalten waren, die bewirtschaftet ein Winzer für ihn; der darf den Löwenanteil des Ertrags behalten und Alfred bekommt fünfzig Bouteillen *seines eigenen* Veltliners. Wie er den Arm um mich legt, wenn wir beide auf der Bank unter dem Klofenster sitzen und *seinen* Veltliner und unsere Portion Abendstimmung einnehmen. Wie er das sagt: Lass uns ein bisschen Abendstimmung einnehmen. Und wie seine Fingerkuppen kaum merklich über den abgeplatzten Lack der Lehne streichen, fast als würde er das Holz an meiner Statt streicheln, den Rahmen um das Biedermeierbild: älterer Mann, junge Frau, die abgewitterte Bank, das Glas Wein und die späte Sonne. Abendstimmung einnehmen. Als wäre sie ein Medikament. Wogegen nur?

Dass er morgens vor das Haus tritt, in den niederösterreichischen Himmel blinzelt und sich theatralisch streckt, kann ich ihm noch nachsehen. Aber wenn er abends seinen Schneckenrundgang macht, die braunen und roten Nacktschnecken aufsammelt, erst auf das Kinderschäufelchen, dann in das Essiggurkenglas mit der (aus Gründen des »humanen Tods« nachgesalzenen) Essiggurkenmarinade, das er mit diesem minimalen Nicken verschraubt, als hätte er tatsächlich etwas geleistet, dann muss ich ins Haus gehen.

Tag für Tag diese kleinbürgerliche Posse. Das passt so gar nicht zu ihm. Es ist nicht die Spießbürgerlichkeit der Aktion oder die verblüffende Effektivität, nämlich die völlige Auflösung der Tiere binnen zweier Tage. Es ist das Bild vom alternden Städter mit Gurkenglas und Schäufelchen, der sich dem Irrglauben beugt, es mit der Nacktschneckenpopulation aufnehmen zu können, die von der Umgebung millionenfach nachsickert. Ich könnte es schrullig finden, originell, aber ich finde es unangemessen, dass ein erfolgreicher Radiomoderator so einen kleinkalibrigen Krieg führen muss. Um solchen Szenen zu entgehen, habe ich Felix verlassen. Habe ich mich gegen Kinder entschieden. Habe ich den Job im Spital aufgegeben und arbeite, bis mir etwas Besseres einfällt, als Kellnerin. Habe ich ein Kunstgeschichtestudium begonnen, bis mir etwas Interessanteres einfällt. Verzichte ich auf die Vorzüge einer geordneten Biografie. Das Schneckenglas bringt eine Seite von Alfred zu Tage, die fast ein bisschen faschistoid ist. Seine Liebe für die »Häuserlschnecken«, wie er sie nennt, die er dann zärtlich aufhebt und sie an den Fühlern kitzelt. Früher hat er sie mit einem Edding registriert. Daran darf ich nicht denken, wenn ich mit ihm schlafe. Wenn ich mit ihm zu Abend esse und er Essiggurken in Scheiben schneidet und dabei erzählt. Wie Elias noch klein war, und sie das Häuschen in Lainz hatten. Einen sozialistischen Wohnbau aus den 1930ern, mit Vorgarten und einem Gärtchen hinten hinaus, da gab es Weinbergschnecken, und immer saß in der Früh eine innerhalb der Lupine, obwohl Valerie eine unüberwindliche Barriere um ihre geliebte Lupine errichtet hatte, und weil er einen Verdacht hatte, dass es sich um ein und dieselbe, also eine besondere Schnecke handeln musste, hat er alle Schnecken numeriert, und tatsächlich – die akrobatische Schnecke war immer dieselbe, es war die Nr. 15, und die taufte Elias, damals noch süß und klein und noch nicht zu cool für Actionfiguren, dann Spider-Schneck. Die Schneckenseite an Alfred muss ich immer aufs Neue schnell überblättern. Aber es ist nur diese eine Seite. Ich tröste mich damit, dass andere Menschen lange blättern müssen, wenn sie nach der liebenswerten Seite ihrer Partner suchen.

Der städtische Alfred in seiner schönen Altbauwohnung im Achten ist mir jedenfalls lieber, der einfach Kaffee für sich macht und leise in sein Arbeitszimmer geht, um an seinen Beiträgen zu schreiben. Wenn ich aus dem Bett komme, sitzt er vor dem Laptop oder er ist über ein Buch oder eine Zeitung gebeugt, einen Füller in der Rechten und die Linke fährt immer wieder zwischen seine Schulterblätter und über seinen Nacken, eine Geste, die ich wahnsinnig erotisch finde. Das ist unsere Zeit, vormittags unter der Woche, nach meinen Diensten im *Namenlos*, wenn Elias in der Schule ist und nicht in Alfreds hellhöriger Wohnung, dann lege ich ihm die Hand auf die Schulter und er greift nach ihr, ohne sich umzudrehen, macht sich noch schnell eine Notiz und wir gehen ins Schlafzimmer. Ich weiß nicht, warum bei mir das Hirn mitlieben muss. Junge Männer haben vielleicht die beständigeren Erektionen und seltener Kreuzweh, aber sie können nur mit den Geschlechtsteilen lieben, bestenfalls mit dem Stammhirn. Alfred liebt mit dem ganzen Körper, mit dem Intellekt, mit seiner Lebenskunst, seiner Erfahrung, seiner Bibliothek, mit dem Wissen, dass er nicht ewig lebt. Von seiner Liebe kann ich so viel lernen, ohne dass es sich wie lernen anfühlt.

Alfred stapft ungeschickt im Beet herum und schneidet die dürren Sonnenhüte, obwohl man die bis in den Frühling stehen lässt, wegen der Vögel. Hier, in Schönkirchen, ist seine Kompetenz lückenhaft. Ich habe ihm nichts erzählt von Onkel Friedrich mit der schwitzigen Stoppelglatze, von der schreienden Sau, vom Geruch nach versengten Borsten, vom Darm, der grau und glänzend aus dem Bauchschlitz gestürzt war, mit diesem monumental schlatzigen Geräusch, und davon, dass ich mindestens fünf Sommer Bauernkind gewesen bin, ausmisten kann und Kühe melken und – theoretisch – ein Huhn rupfen. Es würde das Ungleichgewicht durcheinanderbringen, es würde mich in meiner landwirtschaftlichen Kompetenz erhöhen, und er würde doch nur gekränkt sein, dass ich bis zum zwölften Lebensjahr so viel mehr

Blut, Scheiße und Erde an den Händen gehabt habe, als er jemals aufholen kann. Außerdem war es keine wichtige Erfahrung, es waren ein paar Sommerferien in meiner Kindheit im Mühlviertel, wenn Daniel von einem Turnier oder Trainingslager zum anderen hasten konnte, wohingegen es Annika doch am Hof beim Friedrich so gut gefiel.

Ich wusste, ich weiß immer noch, die Tenniskarriere des Bruders ist fest eingebrannt in mein Pflichtenheft, ein ewig erster Posten in der Liste ist Daniel, und das ist er immer noch, obwohl längst alles vorbei ist und die Karriere als Controller bei einer Baumarktkette gut genug. Große Geschwister sind die ersten in der Reihe, und als kleines Geschwisterchen gewöhnt man sich von Geburt an ans bedingungslose Zu-jemandem-Aufschauen, so lange bis der Nachzügler einem sogar diese unbequeme Position streitig macht und man in der Mitte zusammengequetscht wird.

Würde ich, wenn ich die Erstgeborene wäre, Alfred weniger Dilettantismus durchgehen lassen? Würde ich ihn mir, so wie große Schwestern es machen, zur Brust nehmen und ihm zeigen, wie man einen Garten richtig umsticht?

Viel lieber als zu Onkel Friedrich wäre ich zu meiner berühmten Patentante Hilda gefahren, Vaters Schwester, die Pianistin mit den Wohnungen in London, Wien und Zürich, und überall stand angeblich so ein glänzender Fazioli wie in Wien. Auf dem Foto meiner Taufe hält sie mich ein wenig unbeholfen, von mir ist nicht viel zu sehen, aber ihr Blick ist wild begeistert und ihre schwarzen Locken umrahmen uns wie ein Gnadenmantel.

Glaubst du etwa, die hat nichts Besseres zu tun, sagte meine Mutter. Im Gegensatz zu meinem Onkel Friedrich, Vaters Bruder, der den Bauernhof übernommen hatte und mich trotzdem betreute, konnte der berühmten Hilda kein Kind zugemutet werden, nicht einmal ein Patenkind, das gerne still danebengesessen wäre, bei Konzerten, beim Üben, bei den Interviews, auch schon mit acht.

Friedrich war nett, er war okay, naja, er war halt da. Jemand, der Schweine, Hühner und Kühe hat, aber keine Kinder, macht nie Urlaub und muss immer da sein, niemand kommt, um das Vieh zu versorgen, so wie Alfreds Nachbarin kommt, um das Beet zu gießen, wenn er am Sonntagabend wieder in die Großstadt zurück muss, sein Beet, das ein Witz ist.

Alfred hat einen schwarzen Daumen, einen Tintendaumen, der zu viel Papier berührt hat und zu wenig Erde. Bei der Arbeit im großen Gemüsegarten habe ich Tante Greta gerne und lange zugesehen, und sie ließ mich mithelfen. Am liebsten mochte ich das Ernten. Alfred könnte viel von mir lernen, aber ich habe keinen Ehrgeiz, hier in die Knie zu gehen, und Alfred würde es nicht schätzen, ich würde ihn nur demütigen mit meinem Know-how. Alfred muss hier mal nicht Experte, sondern er darf Kind sein, das spielerisch das Leben lernen will, und ich werde sicher nicht diejenige sein, die ihm das Schäufelchen aus der Hand nimmt.

Würde Alfred mich fragen, aber das tut er nicht, könnte ich ihm noch viel mehr erzählen, über die Nitrate im Grundwasser, über Fruchtfolgen, Schädlinge und über das richtige Umstechen, ich könnte ihm Friedrichs Wahrheit über den biologischen Landbau erzählen, aber Alfred hat mich dazu trainiert, wenig zu erzählen, so wie man einen Hund heute trainiert, ohne Schläge und Schreie, sondern mit Clickertraining und saftigen Leckerlis, etwa so: Wenn du mein tiefes Wasser bist, wenn du nicht forderst und nicht hineinplapperst und -plärrst in meinen Lebensplan, in unsere Abende, wenn du dich verrätselt gibst und hie und da gehst, um für ein, zwei Tage zu verschwinden, dann werde ich dich leidenschaftlich lieben, und zwar nicht so, wie ich meine Ehefrau geliebt habe. Ich werde dir kleine Aufmerksamkeiten zukommen lassen, dich sexuell vergöttern, dich vom Bahnhof abholen, dir kamelfarbene Kaschmirwesten kaufen und goldene Seidenhängerchen fürs Bett, ich werde dich lieben, wie es nur eine Geliebte verdient hat und nicht eine Geheiratete.

Du meine ruhige Schöne, sagt er immer zu mir, meine geheimnisvolle Glatthäutige, wenn er mir mit dem Handrücken über die Wange streicht. Eigentlich wäre ich lieber immer in der Stadt, und ich hätte ihn vor allem am Wochenende lieber für mich alleine, aber das geht nicht, weil sein Sohn ein Scheidungskind ist und ein Fußballkind noch dazu, und Scheidungskindern darf nichts abgeschlagen werden, und Fußballkinder dürfen nicht sich selbst überlassen werden, wenn sie an den Wochenenden für ihren Verein in den Krieg ziehen, ein Krieg, der viele Stunden kostet und viele gefahrene Kilometer zu den Austragungsorten von Turnieren und Meisterschaftsspielen und so manche Schramme, aber man kann den Wanderpokal gewinnen und Lose kaufen, man kann schlechten Kaffee trinken, Bier aus der Flasche und billigen Spritzwein aus dem Henkelglas. Und die Kinder können sich an der frischen Luft austoben und vor der digitalen Versuchung bewahrt werden, zumindest für ein paar Stunden in der Woche.

Ich sollte mich dafür bedanken, dass Alfred mich trainiert, mich lebendig zu fühlen. Jeder von uns hält ein Ende des zarten Bandes der Leidenschaft in der Hand, ganz freiwillig, ohne Ehe, Kind oder Einfamilienhaus. Das Band liegt locker zwischen Daumen und Zeigefinger, vielleicht hängt es sogar ein bisschen durch. Und manchmal fühlt sich die Hand ein bisschen eingeschlafen an, so wie sich der Mund manchmal eingeschlafen fühlt, der Kopf, nach einem ganzen Abend Jan Garbareks *Brother Wind March*, jeder in seinem Lederfauteuil, jeder im Licht seiner eigenen Leselampe, jeder im Dunst seines eigenen Lesestoffs, einander alle paar Minuten zulächelnd. Aber man wacht wieder auf, wenn man sieht, wie das eigene Buch kritisch gemustert wird. Was liest sie denn da schon wieder? Die Frage würde Alfred aber nie stellen, eher sieht er mich so an, als wäre ich seine Tochter, die noch lernt, das Richtige zu lesen, und als wäre es sein Verdienst, dass ich überhaupt lese.

Was ist denn jetzt, Elias ist gestürzt oder er wurde gefoult? Er krümmt sich auf dem Boden, das Gesicht verzogen, es braucht eine Mutter, jetzt sofort, wenn schon keine Mutter, dann den Vater. Ich bin weder das eine noch das andere, ich bin nicht kompetent, will ich sagen, gibt es denn niemanden, der dieses Kind jetzt trösten kann? Nein, ich bin diejenige, die zuständig ist, die Neue, die Junge, dabei sehen die anderen gar nicht so alt aus und ich gar nicht so jung.

Auch wenn Elias mich nicht mag, werde ich ihn trösten gehen müssen, das gehört dazu, das ist die Stief-Fürsorglichkeit, das Patchwork-Kümmern, ich stehe auf, um das Kind, das mich nicht mag und sich um nichts in der Welt von mir trösten lassen würde, zu fragen, ob es Hilfe braucht. Ein aktionistisches Unterfangen, aber einfach stehen zu bleiben, ist dem Rest des Publikums nicht zuzumuten. Es war ein Foul, blaue Karte, also Zeitstrafe, das weiß ich schon vom letzten Match, die rote Karte kommt erst, wenn sie älter sind, wenn es wirklich ernst wird im Spiel. Ich finde, es sieht alles jetzt schon sehr ernst aus. Elias windet sich am Boden, ich bleibe auf halbem Weg stehen und sehe zu, denn der Trainer beugt sich über das Kind, genau die richtige Dosis Fürsorglichkeit, weder überbehütet noch sorglos widmet er sich dem betroffenen Knie. Er kann super mit Kindern, alle können das viel besser als ich, denke ich, als ich kehrtmache und still zu meinem Platz zurückgehe. Den Rest des Spiels versitzt Elias lieber auf der Reservebank als neben mir, zur Sicherheit. Jetzt wird der Elfmeter verschossen, auch das noch. Warum fühle ich mich schlecht? Stielaugen von der Seite, weil ich schon wieder versagt habe: erst die Ehe kaputt machen und dann das Kind nicht ordnungsgemäß lieben. Dass ich die Ehe der Eltern zerstört habe, erzählt man sich sicherlich; dass Valerie ihre Einwilligung gegeben hat, schon bei unserer ersten Begegnung, wissen sie natürlich nicht. Sie hat mich bestimmt am Unterarm gepackt, mir in die Augen gesehen und gesagt: Ich habe es mir gewünscht, all die Jahre, dass mich eine auslöst, die besser mit seinen Klugscheißer-Allüren zurande kommt. Seien Sie lieb zu Elias, und ich bin nicht ganz so ehrlich zu meinem Gewissen, wie ich sein müsste, dann haben wir alle noch was vom ertragreichen Herbst in Alfreds Leben.

Und da ist das Match endlich vorbei, 0:4, hängende Köpfe auf der Verliererseite, Kampfgebrüll bei der Gewinnermannschaft, Elias hinkt auf mich zu, er lächelt tapfer, ein schiefes, grimmiges Lächeln ist es, aber ein Lächeln. Wie ähnlich er seinem Vater darin ist, immer schön den Deckel draufzuhalten, wenn die Gefühle drohen, sich sichtbar zu machen. In Alfreds Alfa Romeo sitzt er neben mir und tippt wild Nachrichten in sein Handy, und ich sage lieber nichts, bevor ich alles noch schlimmer mache, und konzentriere mich auf die Straße. Wir fahren durch gelb gestreifte Weingärten, durch menschenleere Orte, wie nach einem Atomkrieg, aber so ist das hier nicht nur am Samstag, sondern immer. Zu Hause empfängt uns Alfred in der Tür, per WhatsApp von Elias vorgewarnt, besorgt ist er, sehr besorgt, und vorwurfsvoll sein Blick von unten, nachdem er in die Hocke gegangen ist und sich das abgeschrammte Knie mit der erdverschmierten Abschürfung darauf angesehen hat. Das ist doch lächerlich, denke ich, es sind nur Kratzer, na gut, eine Schürfwunde, aber gehören Schürfwunden nicht auf ein Bubenknie, und ist das nicht eine Grundessenz des Ballspielens, auch die kleinen Verletzungen auszuhalten und zu lernen, das nächste Mal zu foulen, bevor man gefoult wird?

Elias möchte auch nicht ins Krankenhaus, aber Alfred will hier und jetzt ein Röntgenbild, eine Computertomografie, ein MRT, was auch immer. Er weiß zu viel, das ist eine Berufskrankheit, ständig von spannenden Sendungen oder recherchierenden Journalisten umgeben, was man da alles hört, und das Vertrauen in eine planmäßig verheilende Bubenknieaufschürfung und in eine Krankenversorgung für Normalsterbliche ist einfach nicht vorhanden. Er tatscht dilettantisch an der Kniescheibe herum, versucht sie zu bewegen, beim abgewinkelten Knie, ich muss lachen, halte mich zurück. Dass so ein kluger Mensch anatomisch so ahnungslos sein kann, natürlich könnte er mich fragen, aber warum eine Physiotherapeutin außer Dienst fragen, wenn man doch einen Orthopädenfreund hat, den man immer anrufen kann und der auch gleich angerufen wird und einfallslos das Unfallkrankenhaus empfiehlt. Alfred sieht mich bittend an, wer soll denn jetzt an seiner Statt zu dem Vortrag »Konflikte mit Kindern meistern – leicht gemacht!«, der im Gemeindesaal des Dorfes gehalten wird, denn sein Freund, der Bürgermeister, hat ihn persönlich gebeten zu erscheinen, es dauert nur eine Stunde, sein Blick bittend, aber auch ein bisschen fordernd. Das hier ist eine fantastische Ausrede, auch noch den Elternabend an mich zu delegieren, das ist mir schon klar. Andererseits jetzt noch ins Unfallkrankenhaus mit Elias, das übersteigt die Elias-Dosis bei Weitem, also nicke ich, denn so kann ich direkt vom Stadtsaal noch zum Bahnhof laufen und den letzten Dieselzug nach Wien erwischen, und je länger ich Alfred und Elias zusehe, desto verheißungsvoller klingt ein Abend mit lauter Fremden und danach alleine zu Hause.

Gemeindesaal, Holzfurnierwände, Plastikstühle, Leinwand, ein Bürgermeister, der jeden einzeln begrüßt und dem ich Alfreds Entschuldigung überbringe. Es sind viele Frauen da, ich kenne manche der Gesichter aus den Gärten, vom Supermarkt, vom Bäcker, vom Eissalon, vom Vorbeifahren, aber vielleicht bilde ich es mir auch nur ein. Ich wusste nicht, dass sie alle Kinder haben. Warum sehe ich die nie, wahrscheinlich Volksschule, die älteren werden bildungstechnisch in Sicherheit gebracht, weg von der Neuen Mittelschule, weg von der ideologischen Monokultur, hin zur Elite, zumindest bis sie eine anständige Ausbildung haben und einen guten Beruf, und wenn sie so alt sind wie Alfred, dürfen sie wieder zurück aufs Land.

Auf dem Podium eine teigige Pädagogin mit einem Sprachfehler, der den dritten und vierten Fall in ihren Backen verschwimmen lässt. Sie ist Spezialistin, und sie ist auch zweifache Mutter, eine Koryphäe also. Ich sehe mich um, alle sehen sie spätgebärend, aber dennoch so gut erhalten aus, diese Mütter von halbwüchsigen Konfliktquellen zu Hause, und so aufmerksam, und wieder nur zwei Väter, also das Fußballplatz-Negativ.

Ich verschränke die Arme, so ein Tag hat auch seine Vorzüge, denn ich darf mir das aus der Distanz ansehen und mich aus der Vogelperspektive daran erfreuen, ohne eigene Kinder zu leben, ohne Ehemann, ohne Karriere, auch wenn meine Mutter mich manchmal so mitleidig ansieht. Diese vielen Defizite, die sie in meinem Leben sieht, ergeben für mich einen großen Freiraum, in dem ich mich ungehindert bewegen kann.

Ich werde, wenn ich so alt bin wie das Publikum, keine Karriere stemmen müssen. Ich werde keine Kinder produziert haben, die mit zehn oder fünfzehn genauso wenig überlebensfähig sein werden wie mit zwanzig, denn die Eltern haben ihnen weder beigebracht, wie man einen Konflikt selbst bereinigt, noch wie man eine Steuererklärung macht, noch wie man ein Klo putzt oder wie man eine Schürfwunde würdig erträgt. Sie werden ratlos vor Waschmaschinen und Gasherden in ihren Studentenbuden stehen und sich von Döner, glutenfreiem Bio-Fastfood und Fruchtjoghurt ernähren, bis sie mit dem Studium fertig sind und einen guten Job finden und jemanden, der sie bedient, vielleicht eine Ehefrau, eine Putzfrau, einen Hausmann, eine Assistentin, und in der Pension wird dann das Häuschen der Eltern geerbt und alles beißt sich mit den eigenen Kindern wieder in den Schwanz. Wenn ich jetzt noch eine Arbeit finde, die ein bisschen ertragreicher und gesünder ist als das Kellnern im *Namenlos*, dann kann ich mich entspannt zurücklehnen.

Wenn man wütend ist, sagt die Vortragende gerade, soll man einen Wutkübel ins Eck stellen und in ihn hineinschreien, denn Gefühle unterdrücken, sagt sie jetzt ganz feierlich, ist vor allem bei Buben ein Thema, und sie wird uns das jetzt mithilfe der *Seelensuppe* veranschaulichen.

Ich möchte sofort wieder anonym sein, das Gefühl kommt ganz abrupt, ich möchte nicht von den Krisenfühlern der Nachbarschaft betastet werden, ich möchte nicht über Seelensuppen belehrt werden oder über Wutkübel. So etwas Lächerliches, Wut ist doch etwas Eruptives, was soll sich ein Kind denken von einer Mutter, die ihre berechtigten oder nicht berechtigten Gefühle in einen Kübel hineinschreit? Und müssten solche Kübel dann nicht in jeder Zimmerecke stehen oder vor jedem Supermarkt und in jeder Kindergarderobe, oder rennt man dann spontan zum nächsten Wutkübel, so wie man bei Durchfall aufs Klo rennt?

Sehen Sie, hat die Vortragende gerade gesagt, wir haben alle Gefühle. Viele! Und sie hat hier eine Schüssel Wasser vorbereitet, die sie jetzt zu sich zieht. Bevor sie aus einem Sackerl Tischtennisbälle hineinschüttet und sich dramatisch die Ärmel ihrer Bluse hochkrempelt, fragt sie ins Publikum, welche Gefühle haben wir denn, und die Mamis sagen brav alles auf: Wut, Trauer, Ekel, Freude, Angst und so weiter. Mir ist jetzt richtig flau, am liebsten würde ich aufspringen, ich brauche frische Luft, frischen Geist, einen anderen Ort, aber ich bleibe tapfer sitzen.

Das hier, doziert sie und rührt versonnen mit der linken Hand in der Schüssel, während die Rechte gestikuliert, ist also unsere Seelensuppe und die Bälle sind die Gefühle. Wenn wir nun bestimmte Gefühle unterdrücken, sagt sie, taucht jetzt auch die Rechte ins Wasser und lehnt sich mit geraden Handflächen auf die Bälle, passiert das hier.

Nichts passiert.

Das ist wieder typisch, knurrt sie, ihren Vortragston für ein paar Momente vergessend, aber gleich wieder findend, das ist der Vorführeffekt, der gehört zum … Und plötzlich schießen zwei Pingpongbälle aus der Seelensuppe, einer nach oben, der zweite direkt und geräuschlos auf mich zu, und noch bevor ich in Deckung gehen kann, prallt er an meine Brust und landet in den gefalteten Händen in meinem Schoß.

Da sehen Sie, was passiert, sie lächelt und sieht mir zufrieden ins Gesicht.

Ich weiß genau, was passiert ist. Es ist der erste Ball, den ich seit zwanzig Jahren gefangen habe.

2

Eleonore schenkt Wein nach, ich möchte eigentlich nicht mehr, der Wein ist zu schwer auf meiner Zunge und in meinem Hirn, er legt sich auf den Zungengrund, ich spüre, wie sich ein violetter Pelz um die Papillen bildet, den ich danach wieder nicht abschaben kann, weil Alfred mir den Zungenschaber verboten hat, nun ja, eher vergällt mit seinen entsetzten Blicken und dem Satz: Wie kannst du dir das nur so tief in den Rachen stecken? Jetzt muss ich mir heimlich einen Löffel aus der Küche holen, wenn er schläft, oder wieder zwei Tage warten, bis ich zu Hause bin und mir die Tannine vom burgenländischen Cabernet Sauvignon, 2013er vom Kollwentz, raunte Vinzent beim Einschenken verschwörerisch, von der Zunge kratzen kann. Die Schweinemedaillons sind schon abserviert, jetzt gibt es Sorbetto al limone, im Sektglas, den Vinzent mit einer grandiosen Geste vor uns hinstellt, er hat es handgerührt, wir sollen das bitte bewundern. Hmm, sagt Alfred grinsend, sehet, Vinzent hat Sorbetto *gekocht*. Da wirkt Vinzent gleich ein bisschen gekränkt, zu Recht, ein kochender Intellektueller, der einen dermaßen großen freizeitlichen Aufwand trotz seines dermaßen engen beruflichen Zeitplans betreibt, das sollte man zu schätzen wissen. Aber Alfred, der so gut wie nie kochende, eher kochen lassende Intellektuelle, macht es mit einem zärtlichen Schulterklopfen wieder gut.

Ein ganzes Leben kennen sie sich nun schon, seit der Studienzeit, und sie haben eine ähnliche Biografie, beide haben sie sehr lange studiert, beide sehr gut gelebt, beide sich schon fortgepflanzt, Alfred einmal, Vinzent viermal, wobei das vierte Kind als später Überraschungsgast in sein Leben getreten ist, bereits 18-jährig, zottelhaarig, verzogen, vorwurfsvoll und Unterhaltszahlungen nachträglich einklagend.

Sie haben beide gescheiterte Ehen, Alfred eine, Vinzent zwei. Nur den Hodenkrebs haben sie nicht gemeinsam. Vinzent, der Germanist und Theaterwissenschaftler, ist viel sensibler als Alfred, vielleicht hat er es deswegen nicht in der Schlangengrube des Rundfunks, wo sie sich als junge Männer kennengelernt haben, ausgehalten und ist zurück zur Uni, wo er noch ein paar fette Jahre hat. Alfred, der Philosophie, Kunstgeschichte und Musikwissenschaften studiert hat, ist fest im aktuellen Kulturressort verwurzelt und auch sonst für alles zuständig, was thematisch zu seiner honorigen Waldhonigstimme passt.

Alfreds und Vinzents gemeinsames kulturelles Portfolio ist unübersichtlich groß, aber uns zuliebe, glaube ich, beschränken sie ihre Dispute auf Literatur und Theater, die beiden Laienwissenschaften, über die jeder etwas sagen kann, egal, ob man die Kronen-Zeitung liest oder die FAZ. Der Abend ist ein wenig langweilig, die beiden Männer haben sich über das Burgtheater in einen Strudel geredet, über die neue Intendantin und den Wechsel im Kulturministerium. Immer wieder wird über die Kompetenz von diesem und jenem gestritten, aber darüber, dass man nicht um jeden Preis eine Frau an die Spitze pflanzen darf, sind sie sich immer einig.

Opulente Séancen, hat Valerie diese Treffen einmal genannt, als Alfred unsere Abendgestaltung mit Eleonore und Vinzent erwähnt hat. Sie hat die Augen verdreht und Alfred ermattet angelächelt. Was sie mit der Opulenz gemeint hat, verstehe ich gerade sehr gut, und was sie mit Séancen gemeint hat, noch mehr. Die Schummrigkeit der Wohnungen, flackernde Kerzen, die vollen Mägen, die einen in eine Art Verdauungstrance versetzen, diese bedeckte Liebe zu allem, was nicht mehr ganz zeitgemäß ist und dennoch wonnigen Diskurs verspricht: Klassik, Jazz, Politik, Theater. Man sitzt im Kreis und bestaunt die hin- und hersausenden Argumente, wie eines dieser Schiffchen auf den Ouija-Brettchen. Wer darf heute das Medium sein?

In meinem Kiefergelenk wächst ein mächtiges Gähnen heran.

Immer diese Duelle. Ich kenne die Argumente schon, sie decken sich großflächig, nur in den Randzonen, in denen es Meinungsverschiedenheiten gibt, ist Platz, einander mit Detailwissen herauszufordern. Ohne diese Duelle ginge Alfred und Vinzent schnell der Gesprächsstoff aus. Worüber diskutiert man, wenn man einander fünfunddreißig Jahre kennt und vom gleichen Schlag ist?

Eleonore in gelangweilter Zuschauerposition, sie muss sich das schon seit Jahrzehnten anhören. Immerhin, denke ich, kann ich etwas lernen. Ich kann zusehen, wie man auf keinen Fall werden darf: zu genügsam. Auf keinen Fall darf man Lehrerin werden, wenn man so klug ist wie Eleonore. Sicher hat sie sich gedacht, dass der Lehrberuf gut zum Familienalltag passt. Ein grandioser Kompromiss: ansprechende Gehälter, liebevolle Mutter, endlose Sommer und trotzdem akademische Würdenträgerin – das alles passt scheinbar in dasselbe Leben. Sie hat durchgehalten, drei Kinder, zweiunddreißig Dienstjahre, sie hat das vierte Kind, das mit all seinen Ansprüchen und damit verbundenen Dissonanzen in das schöne Familienleben hineingeplatzt ist, mit Würde und Verständnis ertragen, ja, sie hat sogar ein bisschen Liebe für es hervorgewürgt. Und jetzt quält sie sich durch die letzten Dienstjahre, mit analphabetischen Digitaljunkies, die man für Literatur begeistern soll, mit deren größenwahnsinnigen Eltern, mit dem ständigen Abgewertetwerden seitens der Gesellschaft, die den Lehrern die fünfzehn Ferienwochen missgönnt. Vorhin hat sie sich eloquent und engagiert über das schleichende Verschwinden von Literatur aus dem Lehrplan empört, und die beiden Männer haben ihr aufmerksam zugehört, wohl auch, um sich für die nächste Gesprächsrunde auszuruhen. Eleonore argumentiert mindestens so klug wie die beiden Männer, aber leider haftet dieser seit Jahrzehnten im Kreise leiernden Bildungsdebatte etwas Profanes an, so wie dem Erdäpfelgulasch, für das Eleonore berühmt ist und das wirklich ausgezeichnet schmeckt, aber leider ungeeignet ist, um kulinarische Lorbeeren einzuheimsen. Das liegt nicht an Eleonore, sondern an den Zutaten. Erdapfel bleibt Erdapfel, und gegen die zartrosa gebratene Filetrose vom Mangalitzaschwein an getrüffeltem Süßkartoffelpüree kommt die hausbackene, wenngleich viel alltagstauglichere Expertise von Eleonore einfach nicht an.

Wir kratzen das letzte Sorbetto aus unseren Sektflöten, die Löffel klingeln, wir regenerieren uns für die nächste Gesprächsrunde. Ich will aber auch nicht wie Alfred und Vinzent werden, die nur mehr in ihrer eigenen Suppe dünsten, egal, ob in der Freizeit oder im Beruf, es ist immer dieselbe, tranige Intellektuellensuppe, die sie auch allen anderen ständig einflößen wollen. Ich will mich nicht festmachen, und deswegen kann ich mich nicht festlegen, ob ich Kunstgeschichte fertig studieren soll, ob ich es doch auf dem Konservatorium versuchen soll, ob ich einfach alles so lasse, wie es ist.

Kellnerin ist ein guter Beruf, Kellnerinnen braucht man immer und überall, denn das Rudeldenken ist aus den Menschen nicht herauszukriegen, egal, wie ichbezogen sie sind, zum Essen und Saufen rotten sie sich dann doch ganz gerne zusammen, und da bin ich zur Stelle. Es hat sich so ergeben, nach der Kündigung im Krankenhaus, als die Strukturen gestrafft wurden, immer mehr Patienten in immer kürzeren Abständen, die überbordende Bürokratie, jeder Furz musste dokumentiert werden. Patienten wurden Krankenakten, die es abzufertigen galt. Vor zwei Jahren wurde das ganze Team wegen einer krankenhaushygienischen Kleinigkeit vom Oberarzt zur Sau gemacht, und direkt nach dem Anschiss musste ich mich zur nächsten Therapie beeilen und mit einem unsympathischen Steuerberater Kniebeugen machen, der böse auf mich war, weil er hatte warten müssen. Wir schwitzten beide, sein Atem und sein Schweiß rochen nach Knoblauch, am liebsten hätte ich ihn von mir gestoßen, aber stattdessen machte ich die Therapieeinheit fertig und kündigte gleich danach. Zuerst wollte ich mir eine andere Einrichtung suchen oder sogar selbstständig werden und nur ein paar Wochen pausieren. Aber aus der Pause wurde das Studium, weil ich mich schnell entscheiden musste, und der Nebenjob wurde zum Dauerprovisorium.

Natürlich mache ich keine Prüfungen. Ich war schon seit einem halben Jahr nicht mehr an der Uni, aber das muss niemand wissen. Alfred denkt sicher, ich hätte zu wenig Ehrgeiz, aber er sagt es nicht, er fragt auch nicht, ganz im Gegensatz zu Mutter, die Kunstgeschichte als Schnapsidee entlarvt hat, die unbedingt belogen werden will, wenn sie fragt, ob ich weiterkomme, die den Kopf schüttelt, weil ich umsonst die Physiotherapieausbildung gemacht habe, sechs Semester, sagt sie immer wieder: sechs Semester und alles umsonst.

Es war aber nicht umsonst, denn es hat viel gekostet. Es hat mich die Illusion gekostet, ein guter Mensch zu sein, und ich wurde mit der Erkenntnis entlohnt, dass ich Menschen nicht mag. Nicht die Ärzte und Kolleginnen, und schon gar nicht die Patienten mit ihren Schmerzen und ihrem grenzenlosen Egoismus. Und immer dieser Körperkontakt. Es hätte mir schon während des ersten Praktikums klar werden müssen, dass man sich für den menschlichen Körper interessieren und begeistern kann, ohne ihn berühren zu müssen. Dass man den menschlichen Geist darin als störend empfinden kann, aber besser, man weiß es nach drei Ausbildungs- und fünf Berufsjahren als nie.

Aber natürlich darf man das nicht zugeben. Bei einem Automechaniker versteht jeder, dass er ein Auto, das frontal gegen einen Baum gefahren ist, reparieren kann und deswegen den Besitzer, der nicht weiß, wie man auf nasser Fahrbahn lenkt, nicht mit-reparieren muss – und kann. Schon beim ersten Praktikum im Wilhelminenspital diese Bandscheibenpatienten, bei denen wir in der Therapie assistieren mussten, ich sah gleich, der dicke rothaarige Finanzbeamte war ein verlorener Fall, schwitzend keuchte er bei den Übungen, seine Haut auf den Oberarmen fühlte sich klebrig an, und er schnaufte und verdrehte die Augen, als würden wir ihn aus reiner Boshaftigkeit traktieren. Wer es die letzten fünfunddreißig Jahre nicht kapiert hat, versteht es auch in Zukunft nicht. Und zwei Jahre später sahen wir ihn tatsächlich wieder, im selben Krankenhaus, mit der nächsten kaputten Bandscheibe, er war noch fetter geworden und hatte sich noch weniger bewegt, aber der Chirurg operierte ihn mit derselben professionellen Gleichgültigkeit und die Therapeutin behandelte ihn mit derselben bedingungslosen Hingabe, *na, wie geht es Ihnen,* wie eine Klosterschwester, aus purer, bedingungsloser Menschenliebe.

Ich suchte verzweifelt nach dieser Art Liebe in mir, aber meine Liebesfähigkeit stellte leider Bedingungen. Sie pochte auf so kleinlichen Details herum wie: Selbstverschuldung, Hygiene, Sympathie. Die kranken Kinder mochte ich, die meisten, oder freundliche Pensionistinnen, die ihre nagelneuen Hüftgelenke mit Würde und Dankbarkeit eingingen, oder junge Männer, die von fiesen Astrozytomen in den Rollstuhl gezwungen werden. Aber für den dicken Finanzbeamten konnte ich weder Sympathie noch Hoffnung generieren, denn in zwei Jahren, dachte ich, ist er mit der nächsten Bandscheibe dran. Wir waren alle sehr deprimiert und beneideten die Therapeutin mit den Apfelbäckchen und dem kernigen Lachen um ihren Optimismus. Der dicke Finanzbeamte ist leider nicht die Ausnahme, sondern die Regel.

Aus Liebe zum Menschen. Am liebsten sind mir die Menschen, wenn eine Schank zwischen ihnen und mir ist. Wenn ich kurz in die Küche gehen kann und ihnen in den Schinken-Käse-Toast spucke, theoretisch, was ich aber noch nie getan habe, denn sie mögen mich, sie sind nett zu mir, ich bin still und sympathisch und mache alles irgendwie richtig.

Eleonore steht auf und geht aufs Klo, Entengang, Kreuzweh, L3, auch die rechte Hüfte wird bald ernsthaft Stress machen. Ich sehe immer noch die Haltungsschäden, die Hüftfehlstellungen, die Skoliosen, die Arthrosen von morgen, das Übergewicht, wir Physiotherapeuten sehen schnell, worum es geht, die Ganganalyse vergisst man nie. Das Wissen über die Funktion des Körpers ist die Serienausstattung, die Liebe zum Menschen aber ist Luxus. Die Patienten glauben, die Ärzte wollen ihr Bestes, aber die Ärzte wollen erst einmal ihr eigenes Bestes, und das ist ein schönes Gehalt und die Möglichkeit, auch irgendwann nach Hause gehen zu können. Für die Patienten wollen sie dasselbe Beste wie der Bauer für seine Kühe, denn die Milch muss durch die Kuh durch, genauso wie die Krankheit durch den Patienten durch muss, sonst können weder Bauer noch Arzt leben. Die Beziehung zwischen Arzt und Patient ist in erster Linie eine wirtschaftliche, sie verläuft entlang eines Bittsteller- und Segensbringergefälles. Ich habe zu viele Ärzte gesehen. Der hippokratische Eid ist keine Zauberformel, sondern eine Lippengymnastik, denn den Eid leisten die Ärzte und Ärztinnen nicht dem Menschen, sondern der Pharmaindustrie, die immer daneben steht und sich die Hände reibt, der Gesundheitspolitik, der gesellschaftlichen Anerkennung, dem Interesse am Körper. Eine geheuchelte Liebe zum Menschen muss gut genug sein. Nur die wenigsten Ärzte haben Mitgefühl, denn echtes Mitgefühl, das können sie sich nicht leisten. Ich habe in all den Jahren zwei empathische Ärzte kennengelernt. Einer tauschte Empathie gegen Expertise und verkauft seine Schilddrüsendiagnostik jetzt zum Goldpreis, der andere redete immer davon, nach Afrika zu gehen und soff sich dann doch nur ziemlich unoriginell zu Tode, eine Woche, bevor ich gekündigt habe.

Jetzt reden sie sich wieder warm, über eine junge Nachwuchsautorin, die dieses Jahr sogar einen hochdotierten Literaturpreis gewonnen hat, sie sind sich nicht einig, schmalzig sei diese Sprache, ekelt sich Alfred, geschmeidig, korrigiert Vinzent und hebt seinen Zeigefinger, er hat schöne, manikürte Hände, aber das haben die Intellektuellen doch alle. Ich blicke auf meine kleinen, ungepflegten Kellnerinnenhände, Kinderhände, sagt Alfred manchmal. Mich langweilt diese Diskussion, warum können sie nicht über etwas sprechen, bei dem wir, Eleonore und ich, mitreden können?

Wenn sie wenigstens richtig streiten würden, wäre diese Studiogast-Situation etwas besser, dann hätte ich nicht so sehr das Gefühl, in einer Talkshow zu sitzen mit zwei Gehirnakrobaten, die einander abwechselnd interviewen, und zwei Zuschauerinnen, denn mehr sind leider nicht gekommen. Jetzt noch ein bisschen mehr Alkohol und es wird ohnehin weniger akademisch, dann streiten sie sich vielleicht wegen des EU-Beitritts der Türkei und ich kann mein Halbwissen ins Gespräch einbringen. Ich mustere die alte weiß lackierte Anrichte, mit den quietschenden Türen, in der das antike Geschirr gestapelt ist, die Teller passen alle nicht aufeinander, und draußen auf der Scheibe klebt eine schwer leserliche handschriftliche Notiz, sicherlich von einem prominenten Schauspieler oder Autor, der zu Besuch war.

Was sagst du dazu, Annika, du bist ja auch aus der Generation, sagt Vinzent unvermittelt. Das ist das erste Mal, dass er mich heute derart direkt anspricht. Du bist so still. Ich bin immer still, will ich sagen, aber stattdessen sage ich: Ich finde sie schön. Das ist alles?, ruft Vinzent empört.

Alfred sieht mich gespannt an, die Arme verschränkt, er reibt sein rechtes Ohrläppchen, seine Unterarme liegen frei, er hat die Ärmel hochgekrempelt, eine Ader durchquert den Haarwald. Nein, sage ich, ich gebe wieder, was ich kann, ohne je etwas von ihr gelesen zu haben: Sie ist schön, sie ist preisgekrönt, sie schreibt über das Sterben. Ich möchte jedenfalls nicht in ihrer Haut stecken, denn es kann eigentlich nur mehr bergab gehen.

Eleonore schnaubt, keine Ahnung, ob zustimmend oder abweisend. Sie serviert die Sektflöten ab, als müsse sie sich sammeln, setzt sich wieder und verschränkt die Arme, sie nickt mir jetzt schwesterlich zu.

Und wenn sie fett wäre und Ende fünfzig, fragt sie.

Meine Tante ist fett und Ende fünfzig, sage ich, und sie ist eine gefragte Pianistin und hat drei Fazioli-Klaviere. Ich habe sie kurz eingebremst, sie sehen mich einen Moment lang an, aber dann kehren sie schnell wieder zu ihrem Streit zurück.

Siehst du, sagt Vinzent, wenn eine gut ist, braucht sie keinen geilen Körper. Das ist doch nur eure feministische Verschwörungstheorie. Er rollt die Augen.

Eingetreten hast du sie dir, sagt sie plötzlich, und Alfred hebt den Blick.

Nicht eingetreten, sagt Vinzent mit verächtlichem Unterton und senkt den Kopf, als hätte er Hörner und müsse Eleonore jetzt einschüchtern, ja bedrohen, mit Argumenten: Du weißt, ich bin alles andere als ein Feminist. Ich habe in der Stipendien-Jury für sie gesprochen und ihr eine gute Rezension geschrieben, ja, das habe ich getan, weil ich von ihrer Begabung überzeugt bin. Und für den Anerkennungspreis habe ich sie auch nominiert, setzt er nach, aus demselben Grund.

Der Kopf bleibt gesenkt, in Wartehaltung, falls Eleonore sich nicht geschlagen gibt. Du hast sie dir eingetreten und sie wird aus deiner Ferse herauseitern, sagt Eleonore und zieht die Augenbrauen hoch, ihre Kopfhaut bewegt sich unter den hochgesteckten Locken mit. Es wird interessant, auch Alfred beugt sich vor, das gefällt ihm, er zündelt gerne, diese Gelegenheit wird er sich nicht entgehen lassen. Auch das mag ich an ihm, dass er nicht so harmoniesüchtig ist wie die Gleichaltrigen, mit denen ich mich immer seltener treffe, weil sie mich für verloren ansehen.

Wie meinst du das, fragt Alfred, und wirft ein paar Holzspäne ein, hältst du sie aufgrund ihrer Jugend für nicht förderungswürdig?

Ich halte sie für zu jung, um mir von ihr den Tod erklären zu lassen, sagt sie mit belegter Stimme, und für unheilbar banal. Habt ihr dieses Buch überhaupt gelesen? Ich schon und ich hätte es am liebsten an die Wand geworfen.

Das sagst du bei jedem zweiten Debüt, sagt Vinzent, und natürlich hab ich das Buch gelesen, mein Rezensionsexemplar, vor dir, wenn du dich erinnerst.

Eleonore ignoriert seinen Einwand.

Ich fürchte, dass Vinzent seinen Ruf ruiniert, indem er sich unter die alten Literatur-Geilspechte reiht, die sich nur mehr für tote Lyriker und blutjunge, unpolitische Prosapuppen mit spitzen Brüsten einsetzt, sagt sie zu Alfred und mir.

Auweh, sie klingt gallig, sie klingt eifersüchtig, und um ehrlich zu sein, sie klingt schrecklich ungefickt. Eleonore ist eben *nur* Lehrerin, das hat sie ihr ganzes Leben zu spüren bekommen. Auch wenn sie mehr liest als Vinzent, und das tut sie mit Garantie, auch wenn sie kritischer als Vinzent und unvoreingenommen an den Kulturbetrieb herangeht, kann sie schlecht an seiner Kompetenz kratzen; dabei traue ich ihr mehr Objektivität zu, vielleicht weil sie nicht mit so viel Selbstverliebtheit gesegnet ist wie Alfred und Vinzent.

Kann man zu jung sein, um talentiert zu sein, bläst Alfred ein bisschen ins Feuer.

Man kann zu alt für Objektivität sein, vor allem wenn man einen Schwanz hat und einflussreich ist.

Ihre Stimme ist gebrochen.

Das ist lächerlich, Eleonore, denke ich, erstens hat es Vinzent, der Eineiige, sexuell wahrscheinlich nicht mehr so nötig, zweitens hat es die Jungautorin weder sexuell noch literarisch nötig, drittens wird hier ein frauenfeindliches Klischee bedient, viertens habe ich das Gefühl, diese Szene wird uns als kleine Anekdote vorgespielt, fünftens klingt es aber dann doch irgendwie plausibel.

Eleonore ist aber noch nicht fertig. Sie sitzt sehr gerade, als sie sagt: Ich kenne die Lebensrealität der jungen Autorinnen, denen du mit einem Jahresstipendium den Arsch rettest – und ich kenne die Lebensrealität eines Schwanzes im Kopf eines alten Mannes. Passt gut zusammen, auch wenn nicht eins ins andere gesteckt wird.

Vinzent steht auf, er reißt die Glastür der Anrichte auf, sodass das ganze Geschirr darin scheppert. Cynar?, schreit er Alfred und mich an, wir nicken hilflos. Er schenkt uns mit leichtem Zittern in der Hand die kleinen Schnapsgläser ziemlich voll, er ist bitter und süß und wie Medizin, ich weiß nicht, wohin ich das alles saufen soll, ich will eigentlich nach Hause, es ist anstrengend, diesen Konflikt zu bezeugen, von dem ich weiß, wer ihn gewinnen wird. Und wer nicht.

Ich weiß, Eleonore geht es nicht um den Geschlechtsverkehr, der ja vielleicht ohnehin nicht stattfindet, sondern es geht um einen Geschlechtsverkehr, der ihrem Mann unterstellt werden könnte, oder einen, den ihr Mann sich vorstellen könnte. Es geht um eine Huldigung entlang eines Machtgefälles, die nicht sein darf. Ein alter Literaturprofessor darf einer jungen, attraktiven Autorin nicht ungestraft huldigen, weil ihm greisenhafte Geilheit auf junges Blut vorgeworfen wird, genauso wie einer jungen, attraktiven Autorin nicht von einem alternden Literaturprofessor gehuldigt werden darf, weil ihr sexuelle Skrupellosigkeit unterstellt wird. Ich dachte immer, der Kulturbetrieb wäre über diesen veralteten Kuhhandel, Sex gegen Einfluss, erhaben, das will ich sagen, aber ich denke es mir lieber und sehe Eleonore dabei zu, wie sie sich langsam, aber konstant in einen Strudel hineinsteigert. In Eleonores Kopf findet der ungeheuerliche Geschlechtsverkehr statt. Immer noch, auch im Jahr 2016, muss so eine Jungautorin anscheinend mit sexuellen Dienstleistungen bezahlen.

Wie war das bei Tante Hilda? Ich stelle mir vor, wie die junge Hilda auf dem gepolsterten Bänkchen vor einem Flügel sitzt, die Hände von den Tasten nimmt und sich mit einer unterwürfigen Geste zu einer sexuellen Dienstleistung anschickt, von der sie sich berufliche Vorteile verspricht. Der Gedanke ist dermaßen lächerlich, dass ich leise auflachen muss, leise genug, um es als Räuspern tarnen zu können. Tante Hilda, die immer mit offenen, immer ein bisschen nach Gestrüpp aussehenden Haaren Klavier spielte, früher waren sie schwarz, jetzt sind sie grau. Hilda, die Matrone, die so gar nicht in die Familie passt, wie Vater sagt, die schon als Kind mit dem Klavier der Musikschule verheiratet war. Hilda, die den unappetitlichen Pater Markus mit seinem metallischen Mundgeruch neben sich ertrug, nur, um auf der Orgel spielen zu dürfen.

Jetzt gerade beugt sich Eleonore vor, ihr großer, zähflüssiger Busen mit der komischen Kette darüber quillt auf die Tischplatte, und mit dem Zeigefinger der rechten Hand, der eigentümlich gekrümmt ist, sticht sie auf Alfred und Vinzent ein und fährt schon ein bisschen lallend fort: Dort, wo ihr ein einvernehmliches Gespann aus Schreibenden und Kritisierenden seht, die es eben beide braucht, um den Konsumenten zu erreichen, sehe ich nur Löcher, in denen Schwänze verschwinden. Da könnt ihr euch nicht rauswinden. Sie verschränkt die Arme vor der Brust.

Macht- und Geldtransfer entlang dem Schwanzgefälle – Amen, sagt Alfred lakonisch und nimmt einen Schluck. Vinzent verdreht die Augen, aber er lehnt sich zurück.

Das kann es doch nicht gewesen sein! Egal, ob Vinzent nun die Jungautorin fickt, nicht fickt, sie sich beim Ficken vorstellt oder nur des Fickens bezichtigt wird – die Ehefrau urteilt über den honorigen Professor, und der honorige Professor geht in die Knie wie ein Ministrant.

Alfred hat die Lust am Zündeln aber noch nicht ganz verloren. Das müsste ja dann bei den weiblichen Jurymitgliedern auch so sein, legt er nach, das müsste ja genauso mit einem jungen Schwanz und einer alten Vagina funktionieren, wenn du recht behalten willst, sagt er und zählt die drei Kritikerinnen und Literaturwissenschaftlerinnen auf, die ihm einfallen und die in den Gremien sitzen, mehr wird es wohl nicht geben, sonst hätte er sie gewiss auch genannt. Unterstellst du denen genauso das Bedürfnis nach sexueller Unterwerfung ihrer Günstlinge?

Interessante Beweisführung. Ob Hilda in Jurys und Gremien sitzt und Stipendien vergibt? Ob sie sich an jungen Knaben vergreift? Vater und Mutter haben immer so getan, als hätte Hilda kein Geschlecht: Ihr Geschlecht ist das Klavier. Das hatte etwas damit zu tun, dass sie fett war und weder Mann noch Kind hatte, und natürlich auch damit, dass sie uns nie einen Mann vorstellte. Dass sie egoistisch war, wusste ich schon, bevor ich wusste, was das Wort egoistisch bedeutete. Ihr Egoismus hatte nicht nur mit dem Fehlen anderer Menschen in ihrem Leben zu tun, sondern auch mit ihrem Geiz, mit dem sie uns trotz ihres unübersehbaren Reichtums vor den Kopf stieß. Vater nahm es ihr lebenslang übel, dass sie kein Bisschen für meine Klavierförderung aufgekommen war, weder in Form eines Pianokaufs noch in Form einer unterrichtenden Unterstützung. Ich nahm ihr übel, dass sie mich sporadisch mit Goldmünzen abspeiste, deren Sinn ich erst später zu schätzen lernte, und dass sie das eine Mal, als ich ihr mit acht oder neun Mozarts »Rondo alla turca« vorspielte, während meines Vortrags mit Mutter zu flüstern und kichern anfing. Mit einem Mal implodierte die Hoffnung, ich könnte irgendetwas von ihrem Talent geerbt haben.

Eleonore sieht Alfred giftig, aber entwaffnet an, jetzt müsste sie in die unterste Besteckladе der Feministinnen greifen und den Mann als prinzipiell schlechteren Menschen in die Zange nehmen, aber so weit will es niemand am Tisch kommen lassen. Sie zuckt mit den Schultern und murmelt was von anderen Lebensrealitäten. Der Cynar hilft, die Peinlichkeit von mir zu schieben, ich rolle ihn im Mund herum. Alfred genießt den Zwiespalt, ein bisschen geht noch, findet er, es ist jetzt genug, finde ich, aber dieses unwiderstehliche Glutnest kann er sich nicht entgehen lassen und ich muss seinen Sadismus ertragen, das habe ich schon gelernt. Alfred der Voyeur, Alfred der Fallensteller, Alfred der Brandstifter mit der waldhonigzarten Stimme. Niemand traut ihm so viel Boshaftigkeit zu. Aber …, beginnt er.

Du halt dich da raus, du kannst nicht mitreden, fährt sie ihn an, du bist ein Kollaborateur mit deiner, verzeih, Annika, jungen Puppe.

Patsch, das Feuer ist aus, Alfred wurde nun auch zum Schweigen gebracht, er wiegt lustlos den Kopf. Wie schön es sein muss, nicht ständig darauf hingewiesen zu werden, dass ich halb so alt bin wie Alfred, von Freunden wie von Fremden. Nebeneinander in einem Restaurant zu sitzen und nicht die Fragen in den Köpfen der anderen aufsteigen zu sehen: Ist das die Freundin oder die Tochter?

Ich bin müde, sagt sie, ich gehe jetzt schlafen, aber zumindest geht sie nicht grußlos, wie sonst so oft. Sie umarmt mich, hält kurz erschöpft inne, dann lächelt sie mich an, du bist doch nicht böse, fragt sie fast zärtlich, aber ihre Hand gräbt sich eher mitleidlos in meine Schulter. Ich habe mich schuldig gemacht, weil ich zu spät geboren bin. Ich schüttle den Kopf, plötzlich tut sie mir leid, es muss am Alter liegen, Mitte fünfzig muss einfach ein scheiß Alter für eine Frau sein, denke ich, wenn all das Weibliche entgleitet, hormonell und sozial, wenn dir das Wenige, was du von dieser Gesellschaft zurückbekommst, aberkannt wird. Sie küsst auch noch Alfred und zum Schluss Vinzent, und als Eleonore ins Schlafzimmer geht und die großen weißen Flügeltüren hinter sich schließt, denke ich, dass sie den Sieg mitgenommen hat, einen Pyrrhussieg, zumindest hat sie den Abend beendet, in Würde, und wer von uns hat das schon?

Und als mich Alfred später bittet, ihm einen zu blasen, nicht ohne launig eine orale Gegenleistung in Aussicht zu stellen, frage ich mich, ob er jetzt die Ordnung in unserer Beziehung wiederherstellen will oder zumindest neu abmessen, ob das Machtgefälle bei uns ausgeglichen ist. Während ich im Bett vor ihm knie und das trotz oder gerade wegen des alkoholschweren Gaumens ziemlich gut und gekonnt mache, frage ich mich, ob er vielleicht schon in der Vinzent-Situation gewesen ist, ob er vielleicht eine junge Künstlerin in seinem Studio zuerst mit Lob überhäuft und danach quasi zur Kasse an seinen Hosenstall gebeten hat, und ich nehme mir vor, ihn danach zu fragen, da packt er mich, dreht mich auf den Rücken, drückt sein Becken gegen mein Gesicht und überrascht mich mit erstaunlich heftigen Stößen in meinen Mund und einem dermaßen jugendlichen Samenerguss, dass ich mir ziemlich sicher bin, Erfahrung hin oder her, es muss ihn irgendeine Vorstellung erregt haben, eine schmutzige Machtfantasie, fiktiv oder erinnert, und ich bin froh über den Alkohol, der mich so wolkig über uns beiden schweben und interessiert zusehen lässt.

Ich finde es ein wenig übertrieben, dass er mich danach an den Beinen zum Bettrand zieht und vor dem Bett kniet, als müsse er diese Unterwerfungsgeste von eben wieder zurechtlecken. Ich weiß nicht, ob ich heute noch kommen kann, will, er hat sich jetzt mit zielstrebigem Schnaufen zwischen meinen Beinen festgesaugt und die Hände ein bisschen zu fest in meine Flanken verkrallt. Ich werde mich unterstehen, ihm einen Orgasmus vorzuspielen, den soll er sich schön erarbeiten. Und weil er gar so schwer atmet, stelle ich mir vor, ich wäre in seiner beruflichen Position und würde in seinem Büro gegenüber den Aufnahmestudios auf dem Bürosessel sitzen und mich mit hochgeschobenem Chanelkostüm von einem Jungautor lecken lassen, und als ich mir vorstelle, dass die Tür nicht richtig geschlossen ist, sondern nur angelehnt, funktioniert es sogar.

3

Theodora fragt mich nicht einmal, ob es mich stört, dass sie weitermacht, obwohl ich da bin. Sie muss später noch zur Post, und ich muss Verständnis für ihre Eile haben und dabei zusehen, wie sie eine Unterhose nach der anderen in das Vakuumiergerät schiebt, während sie mir vom neuen Schuldenstand erzählt und von ihrer Waschmaschine, die wieder kaputt ist. Wenn mir das passiert, muss ich eine Weile mit der Hand waschen, denke ich, oder in den Waschsalon gehen. Sie nimmt die Unterhosen aus den mit Klammern verschlossenen Tiefkühlsäckchen, denen kleine Zettelchen beigefügt sind, damit sie sie nicht durcheinanderbringt, denn wenn sie einmal vakuumiert sind, sagt sie, kann sie sie nicht mehr auseinanderhalten. Es ist wichtig, dass sie keine schlechten Bewertungen bekommt, weil sie einen Tanga mit dem Stringtanga verwechselt. Die Kunden, sagt sie, sind heikel. Ein bisschen fürchte sie sich vor diesen Menschen, aber Weihnachten kommt schneller als man denkt.

Theodora alias *moschusmuschi* verkauft ihre gebrauchten Unterhosen auf einer eigenen Plattform, die *Funkyslip* heißt. Damit finanziere sie die Weihnachtsgeschenke, sagt sie, und: Diese Perverslinge werden immer mehr. Sie hat sich ausgerechnet, dass sie, wenn sie sorgsam mit ihren Sekreten haushält, bis zu 600 Euro bis Mitte Dezember dazuverdienen kann – schwarz, versteht sich.

Jürgen weiß davon nichts, und sie belügt ihn nicht gerne. Aber Wiens Arbeitsmarkt hat wenig Verwendung für Theodora, die als Glas- und Keramikmalerin ausgebildet wurde und besser in Gmunden aufgehoben wäre, hätte Jürgen sie nicht aus der Vöcklabrucker Provinz errettet. Gemeinsam und mit zwei Mindestlöhnen haben sie sich in Wien eine Genossenschaftswohnung, eine Tochter und einen unüberschaubaren Schuldenberg erarbeitet, der mehr wächst als schrumpft. Zahnarztbesuche, Haushaltsgeräte, Urlaube, das sind die Herausforderungen in Theodoras Leben. Jürgen und sie haben beide katastrophales Zahnmaterial und bei Leonie hoffen sie auf großmütterliche Gene, zumindest bei den zweiten Zähnen. Ob ich zu schätzen wisse, wie viel Geld ich mir mit meinen guten Zähnen erspare? Ja. Ich weiß auch die uralte Waschmaschine meiner Vormieterin zu schätzen, die nie kaputt geht, und die Tatsache, dass ich Urlaube nicht brauche und niemandem *die Welt zu zeigen* schuldig bin. Beides, Urlaube und Jürgens Zahnarztbesuche, ist nicht leistbar, seufzt Theodora, und: In Jürgens Mund hätte eine ganze Weltreise für uns drei Platz. Ausgerechnet seine Schneidezähne sind desolat und kariös, und sie wurden lieblos mit Kunststoff plombiert, es sieht aus wie verspachtelt und noch nicht übermalt.

Ob Leonie das Opfer ihrer Eltern zu schätzen weiß? Seit die Kleine in der Schule ist, hat sich das Wohnzimmer wieder erholt. Zwar pflastern unterdurchschnittlich aussehende Kinderzeichnungen die Wände, aber das meiste Plastikspielzeug in Rosa ist verschwunden. Theodoras Wohnung ist dennoch nicht mehr zu retten. Das liegt nicht an Theodora oder an der lieblosen Architektur des Wohnblocks, sondern an Jürgen, der so gar keine Ansprüche an Ästhetik hat, und an dem Kind, dem Spielen in seinem eigenen Zimmer noch immer nicht zumutbar ist. Wenigstens die omnipräsenten Eckenschutz-Dinger sind endlich entfernt worden. Theodoras wackelige altdeutsche Kommode musste einem stabilen dreistöckigen Puppenbau weichen, statt der ehrwürdigen Thonets stehen Tripp Trapp, Ingolf und Tobias folgsam bei Tisch. Theodoras Gabe, Möbel und Geschirr auf Flohmärkten zu erstehen und aus altem Kram Wohlfühlinterieur zu zaubern, ist im Alltag aus Geldsorgen, Windpocken und Kindergartenjausen verkümmert. Alles muss praktisch und stapelbar und von Ikea sein, findet Jürgen, und er hat ja auch nicht Unrecht. Seine Bassgitarre steht auf einem eigenen Ständer im Eck, massiv und schwarz glänzend wie ein Grabstein.

Im Obergeschoß des Puppenhauses hat eine Bombe eingeschlagen, die Familie liegt tot auf dem Boden, Sessel und Tisch, Tassen, Teller versprengt im Raum, ein Brachiosaurus steht verloren am Fenster. Jürgen ist zweifellos ein liebevoller Vater, aber wenn er ein besserer Ernährer wäre, würde es nicht schaden, sagt Theodora und vakuumiert das nächste Höschen. Dann schlägt sie sich auf die Stirn, schneidet die letzte Packung wieder auf, reißt sich ein paar Haare aus, schlägt sie in die Unterhose ein und legt sie in die neue Tasche. Ja, ein paar Haare, das war ausgemacht, sagt sie mehr zu sich als zu mir. Das ist das Goodie für den Stammkunden in spe.

Obwohl sie lieber nackt schläft, »arbeitet« sie momentan auch nachts. Sie erzählt, wie akribisch definiert die Kunden ihre Unterhosen, Sportsocken und Strümpfe bestellen. Das Geheimnis, erklärt sie, ist, geile Unterwäsche möglichst billig zu kaufen, so maximiert man den Gewinn. Die meisten wollen eine beim Sport durchgeschwitzte Unterhose, die natürlich ein String sein soll, möglichst schwarz. So weit kommt es noch, dass ich mit dem Laufen beginne, im Stringtanga, empört sie sich, und: Wenn es mit dem zwischenmenschlichen Exodus so weitergeht, werden die Frauen bald ihr Geld mit dem Besudeln von Textilien aller Art verdienen können, und wer weiß, sagt sie, vielleicht wird sich auch einmal Geschirr mit Essensresten verkaufen. Sie bläst sich fröhlich eine Locke aus der Stirn. Das können sich die vereinsamten Männer und Frauen dann in die Abwasch stellen, um die Illusion aufrechtzuerhalten, dass noch gekocht, gegessen und geliebt wird in ihren vier Wänden.

Hinter ihr auf der Ikea-Kommode steht eine kleine Ansammlung von lila Schokoladeosterhasen wie eine adrette Wirtschaftsdelegation. Was stimmt nicht mit Leonie, warum isst sie ihre Hasen nicht? Dabei steht die nächste Schokoladenlawine schon vor der Tür. Ein absurdes Bild in meinem Kopf: Leonie, der bei Schokolade das Kotzen kommt, Theodora, die besorgt, aber dem Konsum gehorsam, unbeirrt die Schokonikolos in Stellung bringt.

Die Vorstellung eines Mannes, der im Bett liegt und sein Gesicht in Theodoras angesudelte Unterhose vergräbt, während er onaniert, befremdet mich, schlimmer noch: Es macht mich traurig. Vielleicht sollte es das nicht. Vielleicht sollte es mich glücklich machen, dass diese rasierte, gebleichte, operativ geschönte Muschiwelt aus der Pornoindustrie eben auf Dauer doch nicht funktioniert. Dass es ein paar Moleküle Sekret und vaginale Gebrauchsspuren braucht, um Geborgenheit oder Nähe zu suggerieren. Dass das digitale Sexualzeitalter vielleicht eine Einbahnstraße ist und die Leute wieder umkehren und zurückkommen zum guten alten zwischenmenschlichen Kuschelsex. Das beruhigt mich, während mich gleichzeitig diese Vermarktung von menschlichen Ausscheidungen gruselt.

Ich habe Lust auf Schokolade, auf das Gefühl, einem Hasen zuerst die Ohren und dann den Kopf abzubeißen. Ob mir Theodora einen gibt, wenn ich sie frage? Ob sie mir sagen wird, ich soll Leonie fragen? Wann ist Theodora so eine affige Mutti geworden, die ihre Tochter wie eine kleine Erwachsene behandelt? Kann man heute sein Kind noch als Kind erziehen, so richtig schön hierarchisch wie früher, von oben nach unten, vom Befehlsausteiler zum Befehlsempfänger, oder zumindest auf Augenhöhe? Oder muss man sich tatsächlich ständig erniedrigen, um die kleine Psyche nicht kaputt zu machen?

Theodora ist fertig mit dem Verpacken, sie wirft die Kuverts in eine Stofftasche und hängt die Tasche über die Stuhllehne. Jetzt habe ich ihre uneingeschränkte Aufmerksamkeit.

Ich glaube, Alfred will mir ein Kind machen, lüge ich in die Pause hinein, bevor sie mir ihr karges Menü an Alltagsunzulänglichkeiten unterbreiten kann. Ich will nicht schon wieder hören, dass sie heiraten will und Jürgen nicht. Dass die Eltern von Leonies Freundinnen nicht mit dem dicken Jürgen in seiner schwarzen Totenkopfjacke zurechtkommen. Dass sie gerne ein zweites Kind hätten … aber nur wenn Jürgen beruflich … und dass sie gerne hätte, dass Jürgen ein bisschen Sport … und so weiter. Seit Jahren drehen sich die Themen in Theodoras Welt im Kreis. Ich will etwas Neues hören, das rechtfertigt mein Schwindeln.

Sie wirkt vorsichtig erfreut. Bestimmt denkt sie sich, dass es an der Zeit sei, Kinder zu bekommen, aber keine gute Idee mit so jemandem wie Alfred, und dass ich ein wenig kopfrechnen solle, wie alt der Vater wäre, wenn das Kind in der Pubertät ist. Die alte biografische Mathematik. Ich würde entgegnen, wie praktisch es wäre, wenn der pensionierte Intellektuelle, der im Gegensatz zu Theodora, Jürgen oder mir, immerhin noch eine ordentliche Pension bekommen wird, dem Kind bei den Hausaufgaben helfen könnte, während ich arbeite. Aber stattdessen denkt sie ihre Einwände nur und sagt nach einer Weile: Das ist doch schön. Und fragt: Woran merkst du das? Ich zucke die Achseln.

Kluge Theodora. Sie fragt nicht: Hat er das wirklich gesagt? Alfred würde es nie sagen, weil er alles will, nur kein Kind. So viel müsste sie erraten können. Dass sie meiner Lüge aufsitzt, ist umso rührender. Ich will mir selbst dabei zuhören, wie ich mich davon überzeuge, dass es richtig ist, kein Kind mit Alfred zu wollen. Und ihr will ich dabei zuhören, wie sie das Kinderkriegen plötzlich eilig herausputzt, um ihren Lebensweg vor sich selbst zu rechtfertigen. Sie soll sich ruhig ein bisschen anstrengen. Brav reckt sie das Kinn und ermutigt mich prinzipiell, wie sie einschränkt, zum Kinderkriegen: ablaufende Eizellenreserven, Liebesqualitäten, von denen ich noch nichts ahnen könne – sie zählt denselben Käse auf wie Mutter und alle anderen. Es ist nichts Neues dabei, aber ich nehme ihr das nicht übel.

Vielleicht habe ich das mit dem Kind nur gesagt, um ihre Fürsorglichkeit zu provozieren, von der ich viel zu wenig bekomme, weil ich mich dem klassischen Werdegang einer Frau verweigere. Hätte ich einen jungen Mann und kleine Kinder, wäre ich verletzlicher und könnte unbegrenzt Fürsorglichkeit für meine kleine Familie ernten, auch von Mutter. Eine Frau, die alleine bleibt oder sich einen alten Mann zulegt, ist selbst schuld und soll gefälligst zusehen, wo sie bleibt. Die wollte es doch nicht anders. Das Erdgeschoß des Puppenhauses steht leer, nur ein kleiner Schäferhund aus Plastik liegt vergessen in dem Raum, der wohl die Küche sein soll.

Die Liebe zu einem älteren Mann hat mich verändert. Wo früher ein Lebensweg mit Stationen eingeplant war, erstreckt sich jetzt ein kurviger Pfad. Mit einem älteren Mann zusammenzusein ist wie eine Impfung gegen konventionelle Lebenspläne. Theodoras Kind ist auf der Welt, geht in die Schule, wird pubertieren, eine Ausbildung machen, arbeiten gehen, einen Mann finden, Enkelkinder produzieren. Ein zweites Kind muss nicht unbedingt sein, aber wenn das konventionelle Leben schon mal Fahrt aufgenommen hat, ist es einfach nicht mehr zu stoppen. Warum also nicht einfach mit Freude weiterfahren?

Ich kann noch alles anders machen. In ein paar Jahrzehnten werden wir ohnehin alle sterben, Theodora, würde ich gern sagen, ich, Jürgen und Alfred vielleicht ein bisschen früher. Vielleicht explodiert ein tschechisches Atomkraftwerk und reißt uns alle in den siechenden Strahlentod. Vielleicht stirbt dein Kind vor dir, an irgendeinem fiesen Kinderkrebs. Vielleicht kommt dir dieser so verbunden geglaubte Jürgen abhanden, weil er sich zu Tode frisst oder einfach auf eine andere geil ist. So etwas passiert auch, egal, wie sehr du dir wünschst, dass es dir erspart bleibt. Die biografischen Zeitfenster sind nicht gleichmäßig angeordnet, das Leben ist kein fantasieloser Plattenbau, in dem man Jahr für Jahr einen Stock weiter nach oben zieht. Es ist ein verwinkelter und lebendiger Ameisenhaufen und hält sich nicht an deine Pläne. Ich sehe mein Leben mit Weichzeichner. Alfred kam genau richtig, um mich aus einer Art Ringkampf, in dem ich mich mit Felix befand, zu lösen. Felix, der fesche Geografie- und Spanischlehrer, war eine dermaßen gute Partie, dass ich mir dachte, die Liebe kommt schon noch. Er zerrte mich in die Oper, durch das

Gesäuse und in schlechte spanische Restaurants, in denen er in seinem oberlehrerhaften Spanisch ölige Tapas bestellte und nicht mitkriegte, wie die Kellnerin, eine Slowakin, die Augen verdrehte. Streiten war ziemlich bald unsere Königsdisziplin. Wir stritten in der Früh, nach der Arbeit, am Wochenende und im Urlaub. Wir debattierten in der Badewanne, vor und nach dem Sex, sogar auf unseren gemieteten Fahrrädern, von Passau bis Linz, darüber, wie man den Salat abmacht, ob man sich gegen Grippe impfen sollte, ob heiraten zeitgemäß ist, ob Kinder dem Planeten zumutbar wären, ob und wenn, wie autoritär man diese erziehen dürfte. In einer idyllischen Pension in Linz geriet ein Streit aus dem Ruder, und ich war so wütend, dass ich ihm mit der flachen Hand gegen den Brustkorb stieß, sodass er zurücktaumelte und fast stürzte, worauf er mich an den Haaren riss und ich ihn wiederum in den Arm biss. Die monatelang aufgestaute Aggression entlud sich spontan in einer geschlechtlichen, schnaufenden Umklammerung, die zwar von beiden Seiten nicht eindeutig einvernehmlich war, aber, zugegeben, überraschend reizvoll, wenn auch nicht mehr reproduzierbar.

Das Schöne ist, dass ich Theodora gar nicht aktiv zuhören muss, es reicht ein Blick in ihr breites, liebevolles Stirnfransengesicht, dazwischen zoome ich auf die Kinderzeichnungen und das Puppenhaus, und ich fühle mich bestätigt und behütet gleichzeitig.

Eine Jazzmatinee, zu der ich von einer ehemaligen Kollegin eingeladen worden war, bescherte mir Alfred, der von meinen tränennassen Augen begeistert war, die er einem traurigen Trompetensolo der Jazzlegende auf der Bühne zuschrieb, die aber das Ergebnis einer üblen Kombination aus mittäglichem Alkohol und Sonntagsschwermut waren. Außerdem rührte mich der Anblick des verhutzelten, weißhaarigen Schwarzen, dessen Auftritt so unfreiwillig aussah. Was für ein Glück. Wenn ich nicht geweint hätte, wäre in Alfred nicht dieses Türchen aufgesprungen, das so schlecht schließt: seine Faszination für Berührbarkeit durch Musik. Er wäre wahrscheinlich mit seinem Bier zurück zum Tisch gegangen und hätte dort das Konzert zu Ende gehört, und eine andere Frau wäre in sein Leben getreten, eine, die bei jedem dieser Konzerte pflichtgetreu in Tränen ausbricht.

Alfred, der mich nur ansehen wollte, obwohl er kein richtiger Frauen-Anschauer ist, der mich nur trösten wollte, obwohl er kein Tröster ist, der nur auf einen Kaffee nach dem Konzert wollte, obwohl er Kaffeehäuser als Rechtfertigungsfabriken für Zeitverschwender bezeichnet. Als er den Mund aufmachte und fragte, ob alles in Ordnung sei, hörte ich die Stimme, die mir so vertraut war, vom Radio, von den Universum-Dokumentationen, von den Werbespots.

Ich war nicht verliebt in Alfred. Ich liebte ihn gleich, nachdem er im Kaffeehaus mit seinem Zeigefinger ganz langsam meine Nase hinabgestrichen war und mich danach anlächelte, weil er von sich selbst überrascht war. Ich ging verstört nach Hause und beichtete Felix, dass ich mich vielleicht verliebt hätte. Felix nickte, umarmte mich, hörte sich an, was ich zu berichten hatte und fand alles an Alfred lächerlich. Alfreds Jazztrio namens Katzenmusik – Saxofon, Kontrabass, Klarinette –, von dem er erzählte. Alfreds Alter. Alfreds, wie er es nannte, gescheiterte Vaterschaft. Die Rolle, die er Alfred ohne langes Nachdenken zuschrieb, war Vaterersatz, bestenfalls. Felix war viel zu selbstverliebt, um zu reflektieren, dass ich keinen Vaterersatz notwendig habe. Jemanden, schon gar nicht einen untrainierten Intellektuellen in seinen späten Fünfzigern, als Konkurrenz in Betracht zu ziehen, kam ihm gar nicht in den Sinn.

Wobei ich Alfred als Partner auch erst ab dem Moment für möglich hielt, als er und ich im Hotel Ibis etwas ratlos einander gegenüberstanden und er mit verschämtem, schiefem Lächeln sein Hemd aufknöpfte. Das war das Geheimnis: keine Erwartungen, keine Enttäuschungen, stattdessen Überraschungen in drei ungeahnten Positionen. Er wollte danach Sekt bestellen, über den Zimmerservice, aber ich sagte, Mineralwasser reicht.

Du bist so bescheiden, sagte Alfred, und ich mag das.

Du bist so *old school*, und ich weiß nicht, ob ich das mag, sagte ich nicht.

Immerhin hat Alfred Geld, sagt Theodora trocken.

Alfred kommt aus einer Zeit, in der gute Bildung und harte Arbeit etwas gebracht haben, sage ich, aus der vor-neoliberalen Zeit, aus dem sozialistischen Ursumpf, den man, wie ich in einer Sendung mit ihm gehört habe, quasi als archeliberal bezeichnen könnte.

Sein hüstelndes Gelehrtenlachen in den Radiosendungen. Alfred kann zwar wie ein junger Mann lieben, aber in ihm wohnt ein Saurier.

Jetzt taucht Elias in meinen Gedanken auf, mit seinen halblangen Haaren, seinen von Valerie geerbten feingeschnittenen Pinselstrichlippen, deren Winkel so oft nach unten ziehen.

Wir haben ja ein Kind in unserem Leben, sage ich. Es klingt nicht überzeugend.

Wie läuft es mit dem, fragt Theodora.

Es wäre leichter, wenn er jünger wäre, lüge ich.

Sie nickt, die Lippen mitfühlend aufeinanderpressend. Aber Theodora kann sich das nicht vorstellen, wie das ist, wenn man jemanden lieben soll, es aber nicht tut und deswegen vortäuscht. Sie kann sich nicht vorstellen, wie man sich zu einem Jugendlichen hinabbeugen muss, immer darauf bedacht, das Kind, das gar kein Kind mehr sein will, mit dem Angebot vorauseilender Liebe zu überschütten und gleichzeitig Maß zu halten und nicht aufdringlich zu sein. Weil man als Erwachsene in der Pflicht ist, diese Liebe zuerst abzusondern und dann auf Erwiderung zu hoffen. Theodora hat es da leichter. Sie liebte ihre Tochter schon pränatal, und diese Liebe wuchs, uferte aus, überflutete alles. Theodora und ihre Familie schaukeln auf dieser Liebe durch das Leben, und die Patchworkfamilien müssen sie mühevoll aus sich herausmelken.

Es wäre nicht leichter, wenn Elias später geboren wäre. Was es wirklich leichter machen würde, wäre, wenn er um 1990 geboren worden wäre. Erstens wäre er in meinem Alter, und einen Menschen meines Alters müsste ich nicht lieben, sondern nur respektieren. Zweitens sind mir Kinder, die seit den Nullerjahren auf die Welt gekommen sind, unsympathisch. Sie sind undankbar, unhöflich und haben spätestens im Volksschulalter Erwachsenengesichter und Erwachsenenbefindlichkeiten: Freizeitstress, Leistungsdruck, Nahrungsmittelunverträglichkeiten, Markenhörigkeit. Es ist mir unbegreiflich, dass jemand wie Alfred und Valerie, die ja um 1960 geboren worden sind, nicht verhindern konnte, dass aus Elias so ein Nullerjahrekind geworden ist: genauso elektroniksüchtig, konsumgeil, eitel und kapriziös wie die ganze verlorene Generation Z, die den Demografen so große Sorgen macht, wenn sie in den Feuilletons ihre düsteren Zukunftsprognosen ausbreiten. Sie und die Generation danach werden uns so lange in unseren angeschissenen Windeln liegen lassen, bis sie mit ihrer rohveganen Yogameditation fertig sind – und das kann ein bisschen dauern. Ein Sozialromantiker wie Alfred müsste von so einem Konsumtrottel wie Elias enttäuscht sein. Elias hat noch nie sein Zimmer geputzt, seine Sporttasche ausgeräumt oder einen kritischen Gedanken geäußert, den er nicht seinen bourgeoisen Freunden nachgeplappert hat. Alfred ist sein Chauffeur und Valerie seine Putzfrau und Köchin, aber er behandelt uns alle wie Bedienstete: Kann ich einen Schinken-Käse-Toast? Wer fährt mich denn zum Training? Ich brauch einen neuen Laptop.

Aber vielleicht erwarte ich zu viel. Wie war ich mit dreizehn? Ich war zumindest still.

Jürgen hat Bluthochdruck, höre ich. Mit dreiunddreißig? Tatsächlich? Schon? Muss das denn sein?

Jürgen mit dem Walrossbart und dem mächtigen Bauch. Neben dem Mikrowellenherd ein anschaulicher Stapel von Medikamentenschachteln: Bluthochdrucksenker, Lipidsenker, Kräuterschnickschnack für die Leber, ein Eisenpräparat. Wenn es wenigstens ein harter Blähbauch wäre, aber Jürgen neigt eher zu Hüftspeck und zu weichen, über den Gürtelsaum fließenden Schwarten mit Bindegewebsrissen. Seine männlichen Dimensionen sind unter den Fettmassen verschwunden, und seine Versuche, sich mit Bartwuchs, schwarzer Kleidung, Leder und Tattoos über seine feminine Teigigkeit hinwegzuschummeln, sind mitleiderregend. Fehlt nur noch die Glatze, die in einer Nackenspeckrolle mündet. Aber noch trägt er das Haar lang und in einen mageren Zopf auslaufend. Theodora tut mir ein bisschen leid, andererseits beneide ich sie um ihre Kunstfertigkeit, die Realität auszublenden. Ich stelle mir Theodora und Jürgen vor, bevor der Alltag seine Speckigkeit auf ihnen abgelagert hat. Was haben sie einander versprochen? Miteinander alt zu werden? Gute Eltern abzugeben? Im Gespräch zu bleiben? Gab es überhaupt Versprechen, oder war da nur Vertrauen?

Theodora wirkt so gar nicht verdrossen. Das Familienleben hat sie sauber abgekapselt von ihren Ansprüchen, und die Vergangenheit trägt sie noch in einer Zyste mit sich spazieren, die man ohne großen Trennungsschmerz entfernen könnte. Ihre Träume aus der Schulzeit in Vöcklabruck, die schönen Zeichnungen, die sie während der langweiligen Schulstunden gemacht hat, Porträts von mir und anderen Mitschülern, seitenweise Muster, aus der Vorstellungskraft hervorgebrachte Akte, Karikaturen von den Lehrern, sechs-, acht-, zehnbeinige Pferde, alles ausgelagert und stillgelegt. Wo ist unsere gemeinsame Vergangenheit aufbewahrt, die Sommerlager am Almsee, das Flüstern im Zelt, unser heimliches Versteck im verfallenen Hof? An welchem Ort in Theodora habe ich noch Platz oder bin auch ich in die Zyste ausgelagert? Die vielen Gemeinsamkeiten, die wir nun nicht mehr teilen können, weil ich nicht ins Mutter-Vater-Kind-Land mit wollte. In dem ich sicher gelandet wäre, wenn ich bei Felix geblieben wäre oder mir jemanden aus dem Felix-Volk zum Mann genommen hätte. Bestimmt hat Felix da weitergemacht, wo es mit meiner Kooperation zu Ende gegangen ist: in der Verbindlichkeitszone. Würde ich ihn noch treffen, bekäme ich bestimmt Babyfotos vor den Kopf geknallt. Theodora fand Felix attraktiv, das war nicht zu übersehen. Ich hätte ihn direkt an sie weiterreichen sollen. Er war nicht wählerisch und zudem verzweifelt. Es wäre einfach gewesen, und Felix ist wahrscheinlich ein nicht viel schlechterer Vater als Jürgen, wahrscheinlich auch kein schlechterer Liebhaber, aber gewiss ist er ein besserer Ernährer und länger attraktiv als Jürgen.

Darf man so denken? Natürlich nicht. Gerade ich darf das nicht. Wer bin ich, dass ich mir anmaße, Herzinfarktrisiko, Fettleibigkeit und Monatsgehälter als Unglücksparameter für Theodora aufzustellen?

Was ist mit dir? Du hast einen Mann, der vor dir sterben wird, den du vielleicht pflegen musst, wenn du Ende vierzig bist, hat Mutter zu Ostern gesagt, als sie jenes halbe Glas zu viel hatte. Andere beginnen in deinem Alter erwachsen zu werden, die wechseln ihren spät geborenen Babys oder ihren dementen Eltern die Windeln – und nicht ihren Lebenspartnern. Es gibt Millionen Gleichaltrige, warum machst du es dir so schwer? Warum machst du es uns so schwer?

Ich hätte Alfred weiter verschweigen sollen. Mutter tut immer unparteiisch, aber in ihr schlummert eine grausame Rechnerin, eine herzlose Erbsenzählerin, die es nie über die Mengenlehre der Erbsen hinausgeschafft hat. Mutter war Volksschullehrerin und ist eine richtige Expertin für unoriginelle Lebensentwürfe. Sie hat in ihrem eigenen Leben immer nur dieselben, verschrumpelten Erbsen von der Soll- auf die Haben-Seite geschoben und dabei nie über den Rand ihres Rechenschiebers hinausgesehen, und wenn, dann mit Furcht oder Abscheu. Mutter wollte immer nur ernten, was die anderen ernten. Der ganze schöne Garten des Lebens und die Liebe mit all ihrer Vielfalt bedeuten für Mutter ungezähmte Wildnis, Unkraut, ein einziges großes Risiko, aus der Norm herauszufallen.

Eine Übelkeit überfällt mich, die aus dem Mitleid mit Mutter entspringt, oder der Wut auf Mutter, und weit und breit kein Wutkübel in Theodoras Wohnung. Eine Wut, weil ich um brauchbare Vorbilder betrogen worden bin, in der ganzen großen Familie nichts als Zinnsoldaten. Zinnsoldaten auf Bauernhöfen, in Klassenzimmern und Konzertsälen. Erst in Wien habe ich gesehen, was das Leben tatsächlich hergibt. Wie Mutter nur glauben kann, mit ihrem Leben glücklich zu sein! Nächste Woche wird sie fünfundsechzig und Vater wird sie an dasselbe öde Schweinestelzenfließband in Linz ausführen wie die letzten zwanzig Jahre und diese ranzig gewordene Feierlichkeit verströmen. Wahrscheinlich ziehen sie Bilanz über das Erreichte, der erfolgreiche Sohn, die eineinhalb Enkelkinder, das endlich in einer Bildungseinrichtung sicher verwahrte Nesthäkchen, die schöne Pension, die letzte, spontane Kreuzfahrt, die um vierzig Prozent ermäßigt war wegen der Norovirus-Epidemie auf der Schifffahrtslinie ein paar Wochen zuvor. Jedes Jahr aufs Neue die kleine Ausbeute von Erbsen aufsummieren, was alles geglückt ist im Team. Nur über die mittlere Tochter werden sie seufzen, die mittlere Tochter verweigert die biografischen Sollbruchstellen, die berufliche Klimax, sie will partout nicht zusammengefaltet werden zu einer handlichen Biederkeit. Aus der lassen sich keine zählbaren Erbsen rauspressen, egal, wie fest man sie aus der Schote zu quetschen versucht. Das wird ihr leidtun, wenn es zu spät für Kinder ist! Das wird sie teuer bezahlen, wenn sie im Alter alleine ist! Und ihre Pension! Ich sehe Mutter den Kopf schütteln und ihre Landesbeamtinnenweisheiten vor sich hinseufzen, und Vater sehe ich halbherzig ihre Hand tätscheln und brummen. Es soll liebevolle Sorge um mich sein, aber es ist doch nur Besserwisserei in einer fettigen Panade aus Fantasielosigkeit. Mutters philosophische Essenzen, seit Jahrzehnten unwidersprochen verabreicht, und Vater nickt dazu, ohne richtig hinzuhören. Soll sie sich doch an der knusprigsten Schwarte der Stadt verschlucken.

Mutter wird fünfundsechzig, sage ich. Lass sie schön grüßen, antwortet Theodora großherzig.

Daniel hat über Allerheiligen ein Häuschen in der Südsteiermark gemietet, sage ich, für uns alle, und er möchte, dass Alfred dabei ist. Ich habe ihn noch nicht gefragt.

Jetzt ist es so still, dass man einen ganz leisen Vogel von draußen hören kann. Theodora weiß, dass es dazu wenig zu sagen gibt. Als würde eine notwendige Operation anstehen, zu der es keine Alternative gibt. Es wird ein nerviges Wochenende, so oder so, egal, ob Alfred dabei ist oder nicht. Wenn Alfred mitkommt, wird er ein Fremdkörper sein, um den alle herumschleichen, ohne es sich anmerken zu lassen. Wenn er nicht mitkommt, wird er allen als Hohlraum im Weg sein, egal, ob wir auf der überdachten Terrasse am massiven Holztisch mit Blick auf den sehr seltenen Speierling, wie es vollmundig auf der Homepage heißt, frühstücken, in der Toskana Österreichs ausgiebig spazieren gehen oder es uns bei Käferbohnen und Morillon gemütlich machen. Immer werden ein paar Themen im Weg sein. Es ist Familienmikado. Jemand muss etwas falsch machen, sonst funktioniert das Spiel freilich nicht. Daniel wirft die Stäbchen auf den Tisch, und ich darf den ersten Fehler machen. *Warum machst du es uns so schwer, Annika?*

Aber Daniel wird dafür sorgen, dass sich niemand streitet oder wir einander die Stäbchen in den Handrücken rammen. Sein Harmoniebedürfnis ist unersättlich. Es ist immer Daniel, der zur Familienzusammenkunft bläst, und es ist immer Daniel, der eingreift und die Dramaturgie ändert, wenn die Worte zu scharf werden oder zu laut. Mutter, Vater und mir reichen meine Besuche zum Geburtstag, zu Ostern und Weihnachten, aber Daniel will mehr. Er hätte gerne eine richtige Großfamilie mit Großeltern, Eltern, Onkel und Tanten. Daniel hat für Enkelkinder gesorgt und wünscht sich jetzt Neffen und Nichten von mir und der Klette. Als wäre er das Familienoberhaupt, das sich gerne mit seinen Lendenfrüchten umgibt. Vielleicht will er die vielen verpatzten Wochenenden, die seinem Scheitern als Tennisspieler zuzurechnen sind, wiedergutmachen. Er hat diese Art, den Kopf ganz ruhig in Schräghaltung zu mir zu positionieren, so als könnte er die

Familientauglichkeit in mich hineinhypnotisieren. Was will ich eigentlich? Meine Ruhe, denke ich. Erst mit meiner Familie im Gestern sein und dann zurückkommen und mit Alfred im Jetzt sein und das Gestern dort lassen, wo es hingehört. Zu Theodora sage ich: Ich werde ihn gar nicht fragen, ob er mitkommen will. Ich werde stillhalten und das Spiel nicht stören. Vielleicht wird es sogar nett.

Bestimmt, sagt sie. Für ihr bedingungsloses Mitgefühl möchte ich Theodora umarmen und stehe auf, auch sie steht auf und drückt mich so fest, dass mir die Tränen aus den Augen quellen. Was soll ich mitnehmen, wenn wir zu Silvester nach Palma fliegen, fragt sie, wohl um die Stimmung wieder zu heben. Richtig, unser *Mädels*wochenende. Sie hat bei einem Preisausschreiben eines Radiosenders mitgemacht und gewonnen, eine Reise für leider nur zwei Personen, nach Palma de Mallorca, zwei Übernachtungen in Palma inklusive, über Silvester, mit Galamenü. Sie möchte mit mir fliegen, aber vielleicht möchte sie nur nicht mit Jürgen fliegen, und nicht mit Leonie. Sie ist hin- und hergerissen und hat schon die Trennungsängste ihrer Tochter in den Raum gestellt, zaghaft, weil sie weiß, dass ich dafür wenig Verständnis aufbringen kann, auch nicht, wenn es nun tatsächlich das erste Mal ist, dass sie mehr als vierundzwanzig Stunden von Leonie getrennt ist. Baden werden wir nicht können, sage ich, aber es gibt eine große Einkaufsstraße, in der findest du bestimmt irgendein rosa glitzerndes Chichi, mit dem du Leonie wieder zurückgewinnst.

Mitten in Theodoras gekränktes Innehalten platzen Jürgen und Leonie, die vom Ballett nach Hause kommen. Sie trägt einen samtig aussehenden Turnanzug mit langen Ärmeln, darunter Leggings, und jemand hat ihr ein kleines Zöpfchen in die Haare geflochten, das sich gelockert hat, sich aber immer noch um den Kopf windet wie eine freundliche Schlange. Als sie mich bemerkt, bleibt sie stehen und sieht mich irritiert an. Du störst hier, sagt ihr Blick, du wirst mir meine Mutter entreißen, und: Verschwinde. Wenigstens schaut sie ehrlich. Grüß dich, Leonie, sage ich so freundlich wie möglich, und denke dabei: Ich gehe, wann ich will, und es wird Zeit, Mami aus dem kleinen rosa Plüschjoch zu befreien, in dem du sie schon viel zu lange gefangen hältst. Sie nickt mir zu und tänzelt an mir vorbei in die Küche. Jürgen macht eine verzeihende Geste, beugt sich schnell zu mir herunter, um mich pflichtgetreu auf die Wange zu küssen, und folgt seiner Tochter.

Möchtest du Nudeln, höre ich ihn aus der Küche fragen.

Nudeln mit was?

Mit nix, so wie du sie am liebsten magst.

Ich hab nur Hunger auf Butterbrot, höre ich sie antworten.

Theodora lächelt in mütterlicher Gleichmütigkeit in sich hinein, dann sieht sie mich an und zuckt entschuldigend mit den Schultern.

Nicht das Brot mit den Käfern drin, höre ich Leonies Kommando. Mama, warum hast du das Brot mit den Käfern drin gekauft, schilt es aus der Küche.

Leinsamen, flüstert Theodora. Ich versuche, nicht den Kopf zu schütteln, auch nicht, als Theodora fast lautlos sagt: Unsere Prinzessin. Prinzen und Prinzessinnen. Die aristokratische Auszeichnung für Kinder, die sich zum Beispiel eine Wohlstands-Essstörung ertrotzt haben. Leonie isst nichts, was grün ist, nichts mit Körnern drin und auch prinzipiell keine Suppen. Sie schläft nicht ohne ihr Plüscheinhorn Pamela, sie hat ihre roten Winterstiefel so lange nicht getragen, bis die zwei kleinen Seehunde, die darauf genäht waren, mühsam abgetrennt worden sind. Leonie ist sieben und hat schon mehr Allüren als Stofftiere und Barbiepuppen. Aber ich darf nichts sagen, denn ich habe erstens keine Kinder und zweitens sind das keine Allüren, sondern persönlichkeitsbildende Grundbedürfnisse. Leinsamen zu verweigern, ein Grundbedürfnis. Nicht ohne Dauerbespaßung auf dem Tablet im Auto fahren zu können, ein Grundbedürfnis. Nur drei Leibchen und zwei Röcke aus einem ganzen Kasten zu tragen und die Mutter zu zwingen, ununterbrochen Wäsche zu waschen, ein

Grundbedürfnis. Man darf nie schimpfen, nie. Auch dann nicht, wenn die Kinder mit fünf oder sechs immer noch am Schnuller nuckeln, weil ihre Seelen nicht verletzt werden dürfen; wenn sie sich anpinkeln, weil sie zu faul sind, aufs Klo zu gehen; wenn sie sich nicht selbst anziehen können, weil es ihnen nicht zumutbar ist. Man wischt Sechsjährigen noch den Hintern aus, weil ihnen die Wischtechnik weder zugetraut wird noch zumutbar ist oder weil man Angst hat, dass sie ihre Hände nicht ordentlich waschen und sich ihre eigenen E.-coli-Bakterien von den Fingern schlecken könnten. Man führt sie ewig im Kinderwagen spazieren, weil ihnen das Gehen nicht zumutbar ist. Man reist maximal vier Autostunden, weil ihnen das Fahren nicht zumutbar ist, immer nur nach Norditalien, weil ihnen nur flache Sandstrände zumutbar sind. Man trägt ihnen alles nach und verlangt einfach gar nichts von ihnen. Man hat immer nur Verständnis parat oder Lob für die einfachsten, selbstverständlichsten Leistungen, denn nur so werden ganz bestimmt glückliche und selbstbestimmte Menschen aus ihnen. Manchmal hätte ich gerne ein Kind, nur um zu zeigen, dass Erziehung mit ein bisschen Logik nicht so total danebenginge.

Jetzt hören wir Leonie flüstern. Ich verstehe nichts, aber bestimmt geht es um mich und darum, dass sie mich nicht hierhaben will. Die kleine Prinzessin ist klug, sie spürt sofort, wenn eine Widersacherin in ihrem Palast ist. Das erkenne ich an Theodora, die schon wieder entschuldigende Gesten macht und sich erhebt, damit ich mich auch endlich erhebe. Ich würde gerne sitzen bleiben, einfach so, mir auch eine Allüre gönnen, die Allüre, der kleinen Despotin zur Last zu fallen, und die Allüre, meine beste Freundin wieder für mich zu haben.

Als ich nach Hause gehe, ist es schon dunkel und es regnet. Am Boden im Park vor dem Wohnblock klebt schwarzes Laub. Ein Mann führt ein kleines Mädchen auf einem gestielten rosa Dreirad vor sich her, er hält einen kleinen bunten Schirm über das Kind und geht dabei gebeugt und mit großen Schritten, eine groteske Figur aus einem Kinderbuch. Ich muss kurz stehen bleiben und denke an mein Kind, gegen das ich mich entschieden habe. Es wäre im Herbst auf die Welt gekommen, es hätte in diesem Jahr seinen ersten Geburtstag gehabt. Es wäre wahrscheinlich niemals mit so einem Dreirad spazieren geführt worden, sondern wäre mit einem kleinen Laufrad, das es zum zweiten Geburtstag bekommen hätte, selbst gefahren. Es bräuchte auch keinen Schirm, sondern wäre trotzig gegen den Regen angefahren, mit zusammengekniffenen Augen. Das Kind in meinem Kopf wird älter und mehr und mehr zum Buben. Der Blick in das Kindergesicht ist immer schmerzhaft, egal, wie alt es ist, aber meine große Erleichterung darüber, dass das Kindergesicht mit einem Fingerschnippen wieder verschwindet, ist ungebrochen. Felix ist mitgekommen ins Ambulatorium letztes Jahr, wir waren schon getrennt, als ich es merkte, und Alfred war mit einem Fuß in mein Leben getreten. Dieses Kind zu bekommen, wäre eine ähnliche Entscheidung gewesen wie die Physiotherapieausbildung: eine falsche. Eine Erbse war schon auf dem Weg von der Soll- zur Haben-Seite.

Diese Abtreibung war das harmonischste gemeinsame Erlebnis, das wir je haben sollten. Felix brachte mich danach nach Hause, mit dem Taxi, und er hatte Hühnersuppe mit Bröselknödel dabei, wärmte sie auf dem Herd auf, befüllte die Schüsseln und setzte sich mit mir an den Küchentisch. Unser gemeinsames schweigsames Löffeln glich einem feierlichen Ritual. Zum ersten Mal in unserer Beziehung, die ja schon vorbei war, hatten wir etwas miteinander unternommen, das wir gleichermaßen für richtig und notwendig hielten. Dieses Kind nicht zu bekommen, hat uns miteinander versöhnt, ganz ohne Diskussionen.

Eine Gruppe Jugendlicher kommt mir entgegen, Sporttaschen umgehängt, ein Rapper rappt blechern und das Display des Handys leuchtet in die jungen, lachenden Bubengesichter. Ich setze mich wieder in Bewegung.

4

Hinter der Bar steht man erhöht, das ist wichtig wegen der Autorität. Ich drücke mich gegen die Theke, während ich mir die schwarze, schicke *Namenlos*-Schürze umbinde, damit sich Mark hinter mir vorbeizwängen kann. An seinen langen, nackten Armen hängt das silberne, schwere Bierfass, die Adern treten auf seinen Unterarmen und Händen hervor. Ich sehe ihm gerne dabei zu, wie er das Bier unter den Ausschank wuchtet, neu anschließt, seine 1,90 Meter klappen zusammen, verschwinden unter der Theke, danach klappt er wieder auf und wächst neben mir bis zu den Spirituosen hinauf, die verkehrt hängen. So groß ist er. Ich bin gerne mit Mark eingeteilt. Er beschützt mich, ohne zu merken, dass ich ihn auch beschütze. Heute trägt er ein türkises, kurzarmiges T-Shirt, ihm ist immer warm, auch im Winter, und seine aufrechte Haltung und seine definierten Schultern und Oberarme sind eine anatomische Wohltat neben der schmerbäuchigen, gebeugten Norm, die einem in der Bar begegnet. Frauen sehen ihm gerne beim Arbeiten zu, beim Zapfen, beim Einschlichten der Flaschen, beim Kaffeemachen und Orangenpressen, seinem unaufdringlichen Muskelspiel, und wenn man sich daran sattgesehen hat, kann man in seinem markanten Gesicht und bei seinen ungekämmten blonden Haaren weitermachen. Wenn er nicht so dünn wäre, längere Haare und eine dunklere Haut hätte und nicht diese *Namenlos*-Schürze trüge, könnte er als Surfer durchgehen.

Mark weiß alles. Wie man die Kasse wieder hochfährt, wenn sich das System aufgehängt hat, wie man mit Besoffenen umgeht, wie man Münzen am schnellsten zählt, wie man Getränke beim Großhändler nachbestellt, wie man privat Wodka einkauft und schwarz weiterverkauft, ohne dass es dem Geschäftsführer auffällt. Nur, wie man von Männern gemocht wird und wie man von ihnen Trinkgeld bekommt, hat er nicht drauf. Aber das kann wiederum ich.

Vor allem Waldorf und Statler werden mit jedem Bier, das sie trinken, ein bisschen unfreundlicher zu Mark. Die beiden sind immer da, immer gemeinsam, und sie kommentieren alles so höhnisch wie die beiden alten Männer aus der Loge der Muppet Show. Irgendein Kellner-Vorfahre von mir hat ihnen die Spitznamen verpasst. Das *Namenlos* ist ein Studentenlokal, voll mit diesem Typ Studenten, die sich zwar zu amüsieren wissen, aber dabei keine Sekunde ihre Ausbildung und ihre zukünftige Karriere vergessen. Waldorf und Statler sind darin Fremdkörper, zwei traurige Männer um die fünfzig, die ihr Scheitern hinter der Fassade der Gehässigkeit verstecken und in einem anderen Lokal besser aufgehoben wären. Ihr Leben ist langweilig, einer arbeitet in der Logistik, der andere ist Beamter. Am Abend trinken und pöbeln sie sich ihr Scheitern schön, und wenn es irgendwie geht, bestellen sie nicht bei Mark, sondern beschweren sich bei ihm. Doch bevor sie wegen der Abrechnung, der angeblich fehlenden Kohlensäure oder irgendeinem anderen Vorwand zu streiten anfangen, sage ich etwas Nettes zu ihnen oder lächle sie an, dann kühlen sie schnell wieder ab und trinken lieber noch ein Bier statt zu stänkern.

Mark und ich geben vielen Gästen Namen – weil sie dann leichter zuordenbar sind –, die aber um jeden Preis geheim gehalten werden müssen: Warzenkönig, Westentaschen-Berlusconi, der Frosch und die Prinzessin, der Weingeist, die Bulimie-Gang. Das hilft bei den Strichlisten, vor allem, wenn wir den Wodka in unsere eigene Tasche wirtschaften. Wenn es sehr spät ist oder sehr früh, lehnen Mark und ich an den gestapelten Bierkisten in der Küche und plaudern. Es sind keine ergiebigen Gespräche und sie laufen immer auf dasselbe Spiel hinaus. Das geht so: Ich rede unverfänglich über ein Krankheits- oder Gesundheitsthema, das ja wie das Wetter immer beliebig aus der Luft gegriffen sein kann, und daraufhin zeigt Mark mir seine Narben, die ich zu untersuchen vorgebe. Es ist ein Ritual gegen die Langeweile, wenn wir darauf warten, dass die letzten Gäste endlich gehen, es ist eine Übung gegen die Müdigkeit, die sich immer kurz vor der Sperrstunde einschleicht. Die Narbe auf seinem rechten Schulterblatt hat voriges Jahr den Anfang gemacht. Du bist doch halbe Medizinerin, hat er nach einem langen Tag gesagt, du kannst mir sicher erklären, warum die nach zwei Monaten immer noch weh tut. Ich zuckte unwissend mit den Achseln, sagte aber: Zeig her. Er hat sie sich bei einer Rauferei zugezogen, die eigentlich schon vorbei war, wenn ihm nicht sein Gegner, ein Burschenschaftler in voller Montur, hinterrücks ein zerbrochenes Bierglas drübergezogen hätte. Für die habe ich Schmerzensgeld kassiert, erzählte er und warf ein schiefes Grinsen über seine nackte Schulter. Ich strich fürsorglich, aber ahnungslos über den Wulst, der so lang und dick war wie ein Regenwurm, und versuchte, kompetent zu nicken.

Eine andere Narbe, die er sich beim Sturz mit dem Fahrrad zugezogen hat, trägt er am oberen rechten Brustmuskelansatz. Eigentlich reicht es meist, wenn er den Ausschnitt seines T-Shirts ein wenig nach unten zieht, um sie mir zu zeigen, aber manchmal schiebt er es nach oben und präsentiert seinen spärlich behaarten Brustkorb.

Die Blinddarmnarbe hat er mir nur einmal gezeigt, vor ein paar Wochen. Er hat die locker sitzende Jeans ein bisschen nach unten gezogen und die Augen gesenkt. Als ich mit dem Finger die Punkte rechts und links neben dem Schnitt angetupft habe, habe ich den schrägen Bauchmuskel gesehen, nur ganz leicht angedeutet. Vielleicht aus anatomischem Interesse oder einfach nur, um einmal einen Musculus obliquus externus abdominis entlangfahren zu können, hätte ich ihm fast ungefragt die Hand in die aus der Jeans hervorblitzende Unterhose gesteckt, etwas, das ich noch nie bei einem Mann gemacht habe. Man muss sich viele widerliche schräge Sit-ups antun, um diesen Muskel zu trainieren. Der männliche Bauchmuskel ist ohnehin ein Klischee, allein schon die Nomenklatur: Sixpack, V-Cut, als ginge es um die praktischen kleinen Gimmicks, die man im Baumarkt kaufen kann. Irgendetwas musste sich der Markt ja einfallen lassen, das er den Frauen als scheinbares Pendant zu den überall angepriesenen Titten anbieten kann. Der Muskel fühlte sich synthetisch an, als wäre er ein subkutanes Implantat aus Kunststoff. Ich zog die Hand weg und versprach ihm, bald meine Narben herzuzeigen.

Dann kam jemand ins Lokal, und Mark hat bestimmt gleich vergessen, dass fast etwas passiert wäre. Dass ein Mann wie Mark nicht längst ein Arschloch geworden ist, gleicht einem Wunder.

Zwischen uns beiden geht es natürlich überhaupt nicht um Sex, sondern um die Andeutung. Das weiß ich mittlerweile. Es geht meistens nicht um Sex, sondern um Strickmuster, die uns herausfordern sollen. Früher dachte ich, es geht um Liebe, um Auf- und Abwertung, um Empfindungen, die sich ineinander verhaken wie ein Klettverschluss. Heute denke ich, die Liebe ist ein Produkt der Unterhaltungsindustrie und tritt in Form von Genres in unser Leben. Krimi: Bei Joschi war ich das Opfer, bei Jakob war ich die Täterin. Joschi ließ mich auf Amorgos zurück wie einen Leichnam, und meine Affäre mit Jakob hinterließ einen halbtoten Künstler, der wochenlang nur saufen und nicht bildhauern konnte. Bei Felix und mir ging es um das Drama. Wir waren gleichzeitig Publikum und Regisseure: Es musste immer einen Konflikt geben oder zumindest einer auf der Lauer liegen, am besten alles in emotionalen Wellenbewegungen, sonst bricht das Publikum weg und die Regie steht blöd da. Mark und ich, das ist die reinste Komödie. Ich darf ihm zum Beispiel nicht in die Hose fassen, und Mark darf mich nicht küssen oder in anderer Weise offensiv werden, sonst kippt die Komödie in einen Softporno, und ein Genrewechsel in Beziehungen, das geht, wie auch im Kino, nie gut aus. Alfred und ich, das ist ein zähflüssiger französischer Film mit Hang zur Schwermut in gedeckten Blautönen, mit schönen Großstadtbildern. Ein Film, der sich nicht davor scheut, Klischees zu bedienen, was manchmal ganz wohltuend sein kann.

Mark ist glatt wie Teflon, aber am Rand ist er rau, und es gibt verborgene Ritzen, die man mit den Fingerspitzen ertasten kann. Dort, wo seine kleine große Schwester gestorben ist, bevor er geboren wurde, könnte man mit den Fingernägeln ansetzen und ihn aushebeln. Aber das soll eine andere machen. Wenn wenig los ist, erzählt er mir von der Schwimmerin und der Fechterin. Die Schwimmerin hat kurze Haare und krault ihrer unglücklichen Kindheit davon, und dazwischen lässt sie sich in mehreren Etappen einen riesigen dunkelroten Rotfeuerfisch auf den Rücken tätowieren. Mark schwärmt von ihren breiten Schultern und ihrem Latissimus. Die Fechterin ist eine strebsame, kompakte Sportstudentin, sie ist zart und gesund, innen und außen, aber sie ist als Ganzes ein bisschen traurig, wie so viele, die ständig lächeln. Mark will sich nur an den beiden Frauen reiben, das kann ich beobachten. Manchmal kommen sie in die Bar und wollen das auch, aus unterschiedlichen Motiven. Die Schwimmerin will sich reiben, weil sie Rauch sehen will, die Fechterin will nur, dass es endlich ein bisschen warm wird. Um sie muss man sich eher Sorgen machen. Die Schwimmerin und Mark benutzen einander nach der Sperrstunde in der Küche auf den gestapelten Bierkisten und manchmal auch auf einem der schwarzen Tische neben der Bar, erzählt er mir. Die Fechterin muss man sich verdienen, sagt Mark, die ist ein bisschen heilig, aber es lohnt sich.

Keine von beiden wird Mark je zähmen können. Aber irgendeine wird kommen und ihn flugs in einen erwachsenen, treuen Ehemann und Ernährer verwandeln, zu einem Zeitpunkt, wo er glaubt, von den Frauen so satt zu sein und nie wieder diesen Appetit auf sie zu verspüren. Das ist es, was er will, ohne es zu wissen. Hoffentlich kann ich dabei sein, das ist bestimmt sehenswert.

Woher weiß ich das alles? Ich weiß gar nichts, nur, dass die beiden Studentinnen, die jetzt zu mir hersehen, gleich ihre Bestellung aufgeben werden: ein überbackenes Briebrot mit Äpfeln und Preiselbeeren, auf zwei Tellern, ein grüner Tee und ein Tonic, wie das letzte und vorletzte Mal auch. Ich gehe hin, sie lächeln mich an, so ähnlich wie Elias, mit diesem Lächeln, das einem auf gleicher Augenhöhe begegnen soll, weil man das heutzutage so lernt, das gehört zur Gutmenschengrundausstattung dazu: Hau nicht das Nachbarkind, sag nicht Neger, sieh auf niemanden herab, nicht einmal auf eine kleine Kellnerin, denn sie könnte nebenbei studieren und dir im nächsten Proseminar als Assistentin des Prüfers gegenübersitzen und dir dann zu Recht hinterrücks das Messer hineinrammen.

Wie immer, frage ich lächelnd, sie tun überrascht, sie trauen mir das nicht zu, dass ich mir so etwas merke, so etwas merkt man sich doch nicht, das ist doch vergeudeter Speicherplatz, der mit Wirtschaftstheorien und Rechnungswesen gefüllt werden könnte, das ist nutzloses Wissen, also wiederholen sie die Bestellung sicherheitshalber, aber lachend. Ich bin nicht nur Kellnerin, ich bin zumindest ein Original, ein merkfähiges, Pluspunkt.

Als ich zurückkomme, zieht sich ein älterer Herr mit Hut, der nicht ins *Namenlos* passt, gerade umständlich den Mantel aus. Unter dem Mantel kommt ein weinroter Pullunder zum Vorschein. Er sieht aus wie Alfred. Es ist Alfred. Seit wann trägt er so einen grässlichen Hut? Und warum ausgerechnet einen Pullunder? Alfred sieht mich nicht, weil er den Mantel zusammenfaltet und auf den Hocker neben sich legt, und den Hut nimmt er zuletzt mit dieser Grüß-Gott-Geste ab und legt ihn obenauf. Mich gruselt bei dem Anblick der kleinen Altherren-Installation. Dann sieht er geradeaus in den Spiegel, der hinter der Bar angebracht ist, und unsere Blicke treffen sich dort. Er lächelt. Alfred war noch nie im *Namenlos*. Im Spiegel sehe ich mich, wie ich überrascht bin, und es ist keine angenehme Überraschung. Unser Begrüßungskuss ist ein bisschen peinlich, vorsichtig, im Vorübergehen. Mark steht verdutzt da und sieht uns zu, ich will nicht, dass er etwas fragt, ich will nicht, dass er etwas über uns denkt, nimm du die Bestellungen auf, ich muss in die Küche, sage ich schnell, das Briebrot. Mark denkt sicher, Alfred wäre mein Vater, so ein Hut-auf-dem-Mantel-Stapler, er soll das nicht denken, so ist es nicht. Wie ist es denn sonst? Warum ist das so wichtig? Und wieso bin ich plötzlich so kleinlich?

Ich gehe schnell in die Küche, schließe die Tür hinter mir. Die Schürze ist heiß, es ist eng. Die weißen Fliesen wie ein Schuppenpanzer. Warum habe ich Herzklopfen, warum schäme ich mich für Alfred, warum ist er überhaupt gekommen? Ich bin wütend auf ihn, dass er so unangemeldet gekommen ist, ich hätte es ihm ausreden können, ich hätte den Hut versteckt, nein, verbrannt. Ich schneide das Brot viel zu dick, ich schneide noch ein Brot, es ist zu dünn, ich fluche und lege das Messer zur Seite und hole den Käse heraus, das Salatblatt für die Garnitur, die Preiselbeeren, die Butter, ich schneide den Apfel, dabei sehe ich immer zur Tür, aber sie geht nicht auf, Gott sei Dank nicht. Alfred ist nicht so einer, der Türen aufstößt, auf denen »Staff only« steht, den muss man schon mit Gewalt hineinziehen, hab ich das gemacht, ihn mit Gewalt hineingezogen, in mein Leben, und jetzt passt es mir nicht, wenn er mich besucht? Weil ich mich vor Mark und den Kunden für sein Alter schäme? Bin ich so eine? War es nicht er, der die Hand zuerst nach mir ausgestreckt hat?

Ich schmiere die Butter auf die Brote, schichte Äpfel und Camembert darauf. Auch Mark soll jetzt bitte nicht reinkommen. Ich höre ihn draußen lachen und schalte den Ofen ein, schiebe das dünne und das dicke Brot hinein und warte, dass die Heizstäbe orange werden und zu glühen anfangen, Mark und unser infantiles Narbengegrapsche, wie vertrottelt, für das schäme ich mich jetzt auch, das ist völlig abgeschmackt, denke ich, ich kann ihm nichts zeigen, ich habe keine Narben, ich müsste meine Hand in den Ofen stecken und den Handrücken gegen die Glühschlangen pressen, genau dort, wo sie die Kurve machen, das gäbe eine Narbe, die zu mir passen würde, eine sinnlose, selbstverschuldete Idiotenverletzung in Schlangenform.

Ich öffne das Ofentürchen, die Hitze steigt mir ins Gesicht, es ist sehr, sehr heiß, mindestens 230 Grad, sonst wird der Käse nicht braun, ich mache schnell wieder zu und sehe dem Käse durch das fettige, mit braunen Spritzern übersäte Glasfenster beim Schmelzen zu, er breitet sich aus und blubbert um den Apfel herum, das dünne Brot viel zu dick beschichtet, die Brotrinde wird schon schwarz und der Käse überflutet sie in diesem Moment und tropft zwischen die Grillgitterstäbe auf den Boden des Ofens, zischend zwischen die schwarzen Kohleflecken von früheren gratinierten Käsebroten. Der Ofen müsste endlich wieder einmal geputzt werden, aber Mark und die anderen sind für solch eine Spezialaufgabe nicht zuständig, die Putzfrau macht nur die Flächen, und der *Namenlos*-Chef kennt den von der Lebensmittelbehörde und weiß, wann die Kontrollen kommen, und dann putzt irgendein Putztrupp. Dem Briebrot beim Gratinieren zuzusehen, das beruhigt mich, jetzt kommt der braune Schimmer, und ich schalte den Ofen aus und hebe beide Brote aus dem Ofen, lege sie je auf einen Teller mit Salatblatt und Preiselbeerklecks und trete durch die Küchentür. Die beiden Studentinnen sind ganz baff, dass sie zwei ganze Brote bekommen, ist so passiert, das zweite geht aufs Haus, sage ich, und der Pferdeschwanz der einen fängt zu wippen an, als sie mir dankbar zunickt, ich habe ihnen eine große Freude gemacht, dabei hab ich mich doch nur beim Brot verschnitten.

Wohin gehe ich jetzt? Alfred hat sich den Pullunder ausgezogen, im weißen, aufgekrempelten Hemd sieht er aus wie immer, jetzt wieder um zehn Jahre jünger, eben wie achtundfünfzig, nicht wie achtundsechzig, ich habe ein schlechtes Gewissen. Ich putze die Kaffeemaschine, klopfe den Kaffeesatz aus, bürste das Sieb, schäume ein bisschen Milch. Wie er mit Mark scherzt, es sind ganz unverfängliche Dialoge, die über die Bar hin- und hergeschupft werden, es ist wieder so ein sinnloses Ballspiel: Alfred fängt einen Scherz, dreht ihn ein paarmal in der Hand und wirft ihn ein bisschen verformt zurück, Mark fängt, und so geht es immer weiter. Waldorf ist gegangen, Statler macht den schweigenden Schiedsrichter. Ich drehe ihnen weiter den Rücken zu und beginne den Gläserspüler auszuräumen, ich trockne die Gläser ab, was ich sonst nie tue, und blicke immer nur kurz in den Spiegel, warum nervt mich das immer noch so, dass er hier sitzt, er soll nach Hause gehen, er soll ins Studio gehen, ich versenke den Blick im Gläserspüler, höre seine warme Stimme im Hintergrund durch die Musik sickern, dazwischen Marks Stimme, die neben seiner sehr hell und schneidend klingt, was mir noch nie aufgefallen ist. Dann kommt eine große Gruppe Wirtschaftsstudenten, sie haben eine Prüfung bestanden und viel zu feiern, und Mark und ich haben viel zu tun, und Alfred hat niemanden zum Reden. Jetzt quatscht er Statler an, aber der lässt ihn genussvoll auflaufen, also muss Alfred alleine und verloren dasitzen, den Ball im Schoß, und jetzt kann er mich beobachten. Ich arbeite schnell und effizient, arbeite ihm etwas vor, ganz ungerührt, ich werde ihn morgen nicht fragen, warum er hier war, jetzt kommt schon wieder eine neue Gruppe herein und dann noch eine, und irgendwann ist Alfred weg, ohne sich verabschiedet zu haben. Mark sagt, er lässt mich schön grüßen, und über diese leere Floskel kann und will ich nicht nachdenken, denn es ist sehr, sehr viel zu tun.

Mark schaut herein und gähnt, ich habe die Abrechnung gemacht, sagt er und lehnt im Küchentürrahmen, was machst du denn da?

Ich putze den Ofen, sage ich und rubble mit dem Putzschwamm auf den verkohlten Käsestücken herum, die sich als Ganze abheben lassen, interessant, wie kleine schwarze Lavatröpfchen, sage ich, weil es so schrecklich still ist.

Statler hat gefragt, ob das dein Vater war, sagt er plötzlich. Ach, halt dein Maul, will ich schreien, was geht dich das an, du hast ja keine Ahnung, du hirnlose Fickmaschine, du herzloser Muschisammler, aber was ich sage, klingt, als hätte ich einen Knoten in der Zunge, man versteht nichts, weil ich heule, laut und unmenschlich, als würde ein Hund gleichzeitig gähnen und jaulen, die Hände in den Gummihandschuhen und den Schaum darauf noch im Ofen steckend heule ich alles heraus und nichts davon ist verständlich.

Mark zieht eine leere Bierkiste heran, dreht sie um, setzt sich drauf und wartet, dann will er nicht mehr warten und steht auf, zieht meine Hände aus dem Ofen und zupft die grünen Gummihandschuhe herunter, wischt mir die Tränen und den Rotz mit einem Stück Küchenrolle aus dem Gesicht und irgendwann versteht man mich wieder, als ich sage: Ich habe keine Narbe. Alfred ist meine Narbe.

Weiter komme ich nicht, denn Mark streicht mir die Haare aus dem Gesicht, und ich bin es, die Marks Kopf zu mir herzieht, ich bin es, die ihm das T-Shirt auszieht und uns beiden die Schürze abnimmt, die seinen breiten, glatten Rücken gierig abtastet und an ihm riecht, er riecht so gut unter dem T-Shirt, nach frischem, gesundem Männerschweiß. Und dann sind wir beide nicht mehr zu halten, wir klammern uns zitternd und schwitzend und sabbernd aneinander, und mittendrin begreife ich, dass Spiele keine einfachen Regeln mehr haben, schon lange nicht mehr, dass sie die Dimension des Bretts längst verlassen und ihre Unschuld verloren haben, in der digitalen Dimension kann man Krieg führen, vergewaltigen und Zombies abschlachten und von einem ins nächste Level aufsteigen. Und das ist nur der Anfang.

5

Sonntagnachmittag, alleine zu Hause, der Wasserhahn tropft noch immer, auf dem Gasherd kocht das Einzige, was ich zu Hause hatte, ein Getreidebrei, ich rühre im Kreis. So etwas habe ich mir seit Jahren nicht mehr gemacht, Haferflocken in Milch gekocht, mit Honig und Nüssen und Rosinen und Äpfeln. Ich habe vergessen, wie tröstlich der Geruch ist, nach früher, nach der Zeit vor Felix, vor Alfred, nach einer Zeit ohne Assoziation mit einem daranhängenden Mann.

Im Radio eine Diskussion zwischen einem Opernspezialisten und einer ihm zugetanen Moderatorin, sie schwurbeln sich durch die ganze Musiknomenklatur, ich lege den Kochlöffel weg und wechsle das Programm. Was tue ich denn da, seit eineinhalb Jahren nur mehr Kulturradio, ich habe vergessen, wie stimmungsaufhellend Popmusik ist, und wie launig die Moderatoren dazwischenquatschen und mir sagen, was ich zu tun habe: bei Schönwetter hinausgehen, bei Regen drinbleiben und bis zum nächsten Hoch durchhalten, die Arbeitswoche ertragen, bis das Wochenende kommt, und den Sonntag dann gefälligst genießen, die Ferienzeit herbeisehnen, den Urlaub, und jetzt, ganz aktuell, den Kinderaugen beim vorweihnachtlichen Leuchten zusehen. Ich tänzle ein bisschen zur Musik vor dem Herd herum, drehe die Flamme aus, strecke mich. Heute also faulenzen, fernsehen, lesen, fressen, vielleicht eine Ausstellung, das ist alles okay, denn der Mann aus dem Radio hat es erlaubt, auch wenn er heute arbeiten muss.

Ich habe gestern Nacht auf dem Heimweg noch eine Zeitung mit Wochenendbeilage gestohlen, fünfzig Seiten Werbung, herrlich, ein Bilderbuch für Erwachsene, nicht zu viel Text, und sogar den darf man getrost überblättern, weil man weiß, alles nur gut getarnte Werbung, man versäumt nichts Wichtiges. Das Gehirn soll am Wochenende ausrasten. Einfach mal Bilder anschauen, nicht die ZEIT lesen und dann die FAZ oder die SÜDDEUTSCHE und dann verstohlen in deren Magazinen blättern, auf der Suche nach Bildern, sondern bei einer Fotostrecke über Musiker in Umarmung mit ihren Instrumenten hängen bleiben, während man unschön den Haferbrei in sich hineinschaufelt. Das Genie hat ein Geschlecht, und das ist männlich, klar. Und das Instrument darf das sinnliche Gegenstück spielen. Das Klavier ist die nobel hingegossene, glänzende Geliebte, das Cello eine leidenschaftliche, breithüftige Muse, und die Gitarre ist die Art Gespielin, die alles mitmacht und nicht zimperlich ist, also die Hure. Das Schlagzeug, das immer den Kindsköpfen zugerechnet wird, ein ganzer Schwarm von kichernden Mädchen, die es zu bändigen gilt. Bei Blech- und Holzbläsern wird es schwierig mit dem Vergleich. Erstens die Kleinheit oder Sperrigkeit der Instrumente, zweitens die Mimik, die so in Mitleidenschaft gezogen wird, die eingerollten Lippen und die aufgeblähten Backen, nur das Saxofon mit seinem Gänsehautklang ist eine Ausnahme.

Alfred macht auch so eine Bläserschnute, wenn er spielt, obwohl es von der Form her eher ein Schnäbelchen ist. Zwei seiner Konzerte habe ich gesehen, schade, dass er nicht hauptberuflich Musiker ist. Es hat mir immer schon gefallen, Männern beim Musizieren zuzusehen, wie sie ihre Instrumente berühren, umarmen, pflegen, wie sie das Gesicht verziehen, wenn sie sich in die Melodie hineinsteigern, das sieht man im Alltag viel zu wenig. Beim Musizieren genieren sich Männer nicht für Emotionen, beim Musizieren und beim Ballspielen dürfen sie aus sich herausgehen. Ich ärgere mich ein bisschen, dass ich Tante Hilda nie in solchen Zeitungen sehe. Sie wäre imposant in Schwarz-Weiß, am Flügel, sie würde ihren kleinen Buckel machen, mit dem sie immer auf dem gepolsterten Bänkchen sitzt. Nicht wie diese jungen Pianistinnen, die in beinfreien Abendkleidern gefällig lächelnd vor ihren Klavieren posieren, den Bauch eingezogen, die Schenkel adrett parallel angeordnet.

Ich blättere weiter. Malediven, Guatemala, Mauritius, Urlaub. Kleine Juwelen, auf die gespart werden muss, damit das graue Leben ein bisschen glitzert. Immer ist irgendwo eine Palme und ein appetitlicher Bikiniarsch in Blickweite. Übers Jahr werden alle Träume und Hoffnungen und Erwartungen in eine kleine Schublade hineingestopft, und dann, wenn die Schublade voll und das Geld angespart und die Zeit gekommen ist, wird sie herausgerissen und über die Familie gekippt, ins türkisblaue Meer und auf den hellgelben Sand, da, sei glücklich, schreit man einander an. Die Zeit, die man nicht füreinander hat, der Sex, für den man zu müde ist, die Neugier, die nicht alltagskompatibel ist, alles soll auf einmal hineingefressen werden, damit es wieder für ein ganzes Jahr reicht.

Joschi brannte fürs Reisen. Wir waren siebzehn und brachen direkt aus Vöcklabruck in die große Welt auf, und das waren damals die Kykladen, und so jemand wie Joschi hatte immer die besten Ideen, zum Beispiel: Machen wir alle Inseln, die mit A beginnen. Es war meine erste richtige Reise, mein erster Flug. Piräus war mein erster großer Hafen, und während ich meine ersten Containerschiffe bestaunte, pinkelte mir ein streunender Hund auf den Rucksack, und von da an wehte eine feine Urinfahne über unserem Abenteuer. Die marode aussehende Fähre flößte mir Angst ein und Übelkeit, und obwohl ich weite Strecken erst auf dem Klo, dann über der Reling hing, konnte ich mich an den Kontrasten nicht sattsehen, erst wuchsen die braunen Inselkrusten aus dem Horizont, dann sah man schon die kleinen Zuckerwürfelhäuser mit den blitzblauen Dächern, Insel für Insel wurde angelaufen, und wir hielten uns an den idiotischen A-Plan: erst Antiparos, wo wir in einer Windmühle mitten auf einem Tomatenfeld schliefen, dann elend lange Seemeilen über Santorin nach Anafi, wo wir auf dem Strand schliefen und, wie viele andere, die das auch taten, hinter einem großen Stein oder ins Wasser schissen. Unsere Liebe bekam einen Riss, weil ich in Joschis Augen nicht reisetauglich war, weil ich verweichlicht war und mich nach Klospülungen und Klobrillen sehnte, nach einer

Haarwäsche, weil ich auf der Nussschale nach Amorgos trotz ölglatter See schon wieder kotzte. Dort fand ich die Kontraste schon monoton, auch dass sie wirklich jeden Blumentopf blau anstreichen mussten, und ich konnte in den schwarzen Witwen, die auf den unbequemen Stühlen vor den Häusern saßen, als wären sie dort angetrocknet, nichts Pittoreskes mehr erkennen. Ich fand die Griechen gierig, die uns im Fährhafen auflauerten, mit ihren Lockrufen, *rumm, rumm* oder: *ruff, ruff,* die uns sauteure Zimmer anboten, die Joschi sich nicht leisten wollte, ich mir aber unbedingt. Joschi fand Schlafen auf Flachdächern cool, ich bestand nun endlich auf Klospülung und Haarwäsche, die zu einer Verheißung herangewachsen waren, und fragte die Griechen, ob es *toilet* und *shower* gab, und ob sie auch *working* wären, was Joschi erst peinlich fand, dann wütend machte und ihn schließlich dazu veranlasste, mich gegen eine gut gelaunte, see- und trinkfeste Schwedin einzutauschen. Ich verbrachte die erste Nacht alleine auf dem *roof* einer Taverne, der Wind blies durch das Gewebe des Schlafsacks. Ich schlief gleich neben dem Abzug einer Küche, in der anscheinend stundenlang kleine Fischchen frittiert wurden, die man hier im Ganzen, mit Flossen, Augen und Gedärmen verputzte, neben einem betrunkenen Dänen, der sich unabsichtlich auf mich wälzte, weil das *roof* schief war und ich nicht ausweichend weiterrollen konnte. Sogar die Schwerkraft war gegen mich. Am nächsten Tag quälte ich mich zurück nach Santorin und weiter nach Athen, wo ich in einem stinkenden Hotelzimmer mit Klo und Dusche trotzig die restlichen Tage absaß, bis der Flieger ging, unfähig, mir die Akropolis anzusehen, unfähig, mir ein anständiges Essen zu besorgen. Es war nicht Joschis alleinige Schuld, dass ich bis heute nicht reisen mag, aber er hat tatkräftig mitgeholfen.

Der Getreidebrei ist warm, tröstlich, aber er rutscht nicht richtig. Ich schiebe die Schüssel zur Seite. Alfred macht bei manchen Stücken, vor allem bei den langsamen, immer sein Zahnwehgesicht. Es hat seinen Grund, warum sich Klarinettisten nur ungern während des Spielens fotografieren lassen, sondern lieber mit dem Instrument an der Schulter angelehnt posieren. Klarinettisten haben beim Spielen so etwas Musterschülerhaftes.

Alfred ist vielleicht in seinem Studio, vielleicht auf dem Fußballplatz oder vielleicht übt er Klarinette oder er macht, was er sonst immer macht, nur eben ohne mich. Seit einer Woche haben wir uns nicht gesprochen, es ist eine bodenlose Stille. Normalerweise hören wir einander mindestens alle zwei, drei Tage, und am Wochenende bin ich immer bei ihm, ohne Vereinbarung. Die Stille ist saugend. Alles, was ich weiß, ist, dass ich unmöglich mit ihm telefonieren kann, und vielleicht weiß er genau das. Oder etwas ganz anderes. Es gibt niemanden, mit dem ich darüber reden kann. Theodora würde sagen, dass das eine unglaublich gute Gelegenheit wäre, von Alfred auf Mark umzusatteln, am besten im fliegenden Galopp. Mutter würde hinter vorgehaltener Hand jauchzen.

Mark. Was würde Mark sagen? Mark hat eine Woche Urlaub, Ski-Opening Sölden. Wahrscheinlich rast er gerade auf seinen Skiern eine steile Piste hinunter und hat alles längst wieder vergessen, vielleicht steckt er schon wieder in der nächsten Frau. Wir haben kein Kondom verwendet. Wir haben kein Kondom verwendet. Ein Mantra in meinem Kopf.

Vorwurfsvoll juckt der Scheidenpilz. Immer noch, das wird erst morgen gut sein, das dauert zwei, drei Tage. Wenn es nur ein Scheidenpilz ist. Vielleicht auch nur Überbeanspruchung der Schleimhäute. Vielleicht eine Geschlechtskrankheit, die zwar eklig ist, aber behandelbar. Vielleicht alles nur Einbildung, auch das Horrorszenario: HIV-positiv und schwanger. Aber es wird schon nichts sein, setze ich entgegen, außer der Pilz. *Es wird schon nichts sein.* Diese kleine, törichte Trostformel, eine Verdrängungsfloskel, die sich schon Trilliarden mal als falsch erwiesen hat. Eine Abtreibung im Leben reicht doch. Ein dumpfer Schlag. Bleibt immer noch HIV. Ein zweiter Schlag.

Ich spiele mit den Ecken des Flyers, Katzenmusik, heute Abend, im *Velvet.* Der Flyer ist wirklich gut gemacht. Professionelles Foto, festes Papier, gute Grafik, lupenreiner Druck. Als würden Superstars auftreten und nicht drei profilierungsneurotische Amateure. Diese beruflich gut vernetzten Männer: Wenn sie etwas machen, dann ordentlich. Auch wenn sie das nicht selbst machen, sondern machen lassen, vom Grafiker-Kollegen, vom Fotografen-Bekannten, von der Werbeabteilung-Freundin. Sie bündeln ihre kompetente Gratisexpertise und heraus kommt eine Drucksorte, die mehr verspricht, als sie halten kann, aber das fällt dann niemandem mehr auf. Das exakte Gegenteil sind diese labbrigen Flyer, die Frauen oft machen, wenn sie sich dilettantisch selbstständig machen. Die im Reformhaus an der Kasse liegen, die beim Schönkirchner Bäcker herumliegen oder die Elias immer wieder aus der Schule mit nach Hause bringt: billiges Papier, schlechtes Foto, hirnrissige Geschäftsidee. Plan B oder C einer frustrierten Mutter, die sich jetzt selbstverwirklicht, die jetzt mittelmäßiges Theater spielt, Kristallmassagen durchführt, originelle Hauben strickt, Piñatas bastelt, individuelle vegane Kuchen backt oder Modeschmuck aus Treibholz fertigt. An dem Preis, für den sich die Menschen verkaufen, sieht man, wie viel sie sich selbst wert sind.

Kein Flyer, eine Einladung. Ob Alfred weiß, dass ihn die Leute hofieren, weil er Moderator ist? So einen Moderator zu kennen, schadet nie. Einem Prominenten wird nie etwas abgeschlagen, egal, was er macht, man unterstützt ihn dabei, man sieht zu, dass ein bisschen von dem Promi-Glanz auf einen abfärbt. *Wer weiß, wozu es einmal gut ist. Kann man ja immer brauchen.* Vielleicht sollte ich hingehen, mich an die Bar stellen. Alfred würde mir diesen langen Blick mit dem ganz kleinen Lächeln im rechten Mundwinkel schenken. Mir wird warm im Bauch. Vielleicht wiederholt sich, was sich damals im *Porgy & Bess* ergeben hat, aber mit einer anderen. Die andere steht an der Bar, die andere bekommt den langen Blick. Die Wärme wird zu einer Hitze, in die der Scheidenpilz hineinjuckt. Idiotin, sage ich zu mir und springe auf. Ich habe es laut gesagt. Ich sage es noch einmal laut. Idiotin. Blöde Sau. Ich würde mich gerne selbst an den Haaren ziehen. Ich kann morgen zum Gynäkologen gehen, aber jetzt gar nichts machen, keinen Frühtest, weder für das eine noch für das andere. Ich kann nur leise mit mir schimpfen und das Geschirr abwaschen. Schimpfen und das Bad putzen. Heulen und meine Taschen auspacken.

Ich kann mich zumindest daran erfreuen, dass das allerheilige Familienwochenende vorbei ist. In meiner Reisetasche sind Käferbohnen, drei Flaschen Sauvignon Blanc, eine Flasche Kernöl für Alfred und eine für mich, oder vielleicht jetzt doch zwei für mich. Es war ermüdend, die Familie schon wieder belügen zu müssen. Eine Unwahrheit löst die nächste ab. Das erste halbe Jahr unserer Beziehung habe ich meiner Familie Alfred verschwiegen, und jetzt, wo wir wahrscheinlich getrennt sind, verschweige ich die Trennung. Die Wahrheit humpelt immer hinterher. Warum ist das so? Die Wahrheit ist der Familie unzumutbar. Mutter hat sich bemüht, gut über Alfred zu sprechen, ganz kurz hat sie mich über ihn ausgehorcht, es war eine tapfere Verrenkung, die sie mir zuliebe gemacht hat, und ich habe tapfer lügend Bericht erstattet, und dann war es auch schon wieder vorbei. Dieses Lügen ist fast vergnüglich gewesen. Hätte nicht der Scheidenpilz auch noch hineingejuckt in die Familienidylle, es wäre vielleicht sogar nett gewesen. Daniel ist immer gut vorbereitet, auch diesmal war er es. Er hat die Rahmenbedingungen sehr gut abgesteckt, einen Kurs, der uns in Bewegung hielt, der uns nicht langweilig und streitsüchtig werden ließ, die zwei Kinder wurden schön eingebunden, für den großen Buben gab es immer irgendwo einen Spielplatz, für das Baby abwechselnd seinen Kinderwagen, den Schoß und die Brust der Mutter. Das schöne Haus mit dem Speierling vor der überdachten Terrasse, auf der wir natürlich nicht frühstücken konnten, aber am ersten Abend brav ein letztes Glas Wein vor dem Schlafengehen getrunken haben, frierend und in Mäntel gehüllt.

Wir wanderten in einer Gegend, die für alles, nur nicht fürs Wandern geschaffen ist. Ständig bergauf und dann wieder bergab und dann wieder bergauf. Oben auf den Hügeln immer die Häuser und dann ein Klapotetz daneben. Unten im Tal der Graben, eine Straße. Den Wein muss man sich erst verdienen! Daniel lachte viel, viel mehr als früher. Die Klette hätte spätestens ab dem zweiten Hügel total verweigert, sagte ich, aber die Klette hatte eine gute Ausrede, gar nicht in die Südsteiermark mitzufahren – sie musste lernen. Daniel lachte auch darüber.

Er lacht sich durch den beschwerlichen Alltag mit zwei kleinen Kindern und einem eintönigen Job. Daniel und Bettina, das moderne, arbeitsteilende Paar, so modern und arbeitsteilend, dass Bettina bald wieder halbtags in den Beruf einsteigt und Daniel natürlich den Kinderwagen schieben kann. Richtig stolz, so unsympathisch protzig kutschierte er das Baby in seinem dunkelblauen Ungetüm die asphaltierten Nebenstraßen zwischen den Rebzeilen auf und ab. Er schafft das alles, die größte südsteirische Steigung, das Babygeschrei, all das macht ihm nichts aus, die Doppelbelastung als Vorzeigepapa und Controller, weil das Vatersein Bestimmung ist, auch dass sein Dreijähriger die Steigungen mit gutem Grund verweigert hat und mit keuchender Würde auf den Schultern getragen werden musste, sodass seine Frau schnaufend den Wagen schieben musste, das macht ihm alles nichts aus, und das sollen alle ruhig sehen. Seit den Kindern haftet ein bisschen etwas Kastriertes an ihm, das ich nicht festmachen kann; ein Gedanke, der mir gleich wieder schrecklich leidtut.

Aber die Stimmung kann schnell kippen, wenn ein Baby Bedürfnisse hat, wenn es hungrig ist und gleichzeitig angekackt. Ein Baby hat immer etwas von Naturkatastrophe, weil seine Bedürfnisse so unabwendbar und alternativlos sind, und alle sahen besorgt drein, weil die Schreie so gellend waren, das Baby klang nicht angekackt und hungrig, sondern so, als würde es große Schmerzen haben, und Bettina wurde ganz unrund, aber in der größten Notlage, als auch noch das getragene Kleinkind als Begleitinstrument dazu jammerte, wuchs ganz unverhofft eine Buschenschank mit Maroni und Schilchersturm hinter der hundertsten Kuppe hervor, es gab eine Sitzgelegenheit und das Baby konnte am Klo gewickelt und in einer dem Anlass angemessenen Umgebung gestillt werden, nicht am Boden sitzend direkt am Straßenrand des steirischen Hügellandes, sondern auf einem Klappstuhl, fest eingepackt wie eine kleine blaue Mumie saugte es sich an der gut versteckten Brustwarze fest und schlief gleich wieder ein. Die Maroni wärmten die kalten Hände und der Schilchersturm lenkte vom Juckreiz ab, wir saßen, die Sonne brach kurz durch, alle wendeten die Köpfe wie die Sonnenblumen, da stellte sich plötzlich eine Ruhe und eine Art Idylle ein, die wirklich erholsam hätte sein können. Doch die Straße mit ihren tödlichen Autos war Bettina auf einmal zu nahe und der Bub war noch zu klein und deswegen mussten wir alle wieder aufstehen und den nächsten schwindlig steilen Fahrweg bergab.

Als ich in der ersten Nacht aufwachte, dachte ich erst, jemand weint, ein Kind, oder ein Tier schreit, aber mit dem Aufwachen kam die Erkenntnis: Es waren eindeutige Sex-Geräusche, ein rhythmisches Klagen, und sofort waren diese Bilder da, die man nicht im Kopf haben will, Mutter und Vater beim Sex, Bruder und Schwägerin beim Sex, was will man sich weniger vorstellen? Ich presste die Hände auf die Ohren und vergrub mich unter das Kissen, bis mir fast die Luft wegblieb. Das Geräusch ging weg, aber die Bilder blieben, und das Jucken gesellte sich auch dazu, und eine Einsamkeit, die die Peinlichkeit überstieg. Meine Eltern haben einander, und mein Bruder und seine Frau haben einander, und ich habe nur den Scheidenpilz, der bestenfalls ein Scheidenpilz ist und schlechterenfalls eine Geschlechtskrankheit und schlimmstenfalls eine Geschlechtskrankheit in Kombination mit Marks Fötus in meiner Gebärmutter.

Wo ist Alfred in diesen dunklen Momenten, wieso kann ich ihn nicht abrufen und gegen die Einsamkeit, die ja keine ist, in Stellung bringen? Wieso hat unsere Zweisamkeit so eine geringe Halbwertszeit, wieso zerfällt sie in zwei Einsamkeiten, sobald wir einander aus den Augen verlieren?

Es war schon vor der Sache mit Mark so gewesen. Die Einsamkeit hat nichts damit zu tun, dass wir eine Woche nicht miteinander telefoniert oder einander gesehen haben, die Einsamkeit ist meine stumme Begleiterin, immer in Sichtweite, seit Felix weg ist. Irgendetwas müssten wir anders machen, nein, müsste Alfred anders machen, eine Art Verbindlichkeit zeigen, er müsste die Hände nach mir ausstrecken. Ich bräuchte einen festen Platz in Alfreds Wohnung, in seinem Leben, er müsste mehr Enthusiasmus zeigen, mich einbinden in seinem Leben, anbinden. Was will ich, bei ihm einziehen, einen Heiratsantrag? Das Angebot, bei ihm einzuziehen? Etwas, was ich ohnehin ablehnen würde, kategorisch, denn dann wäre ich wie Bettina und Valerie und Mutter und Theodora: angeschraubt im Leben eines Mannes.

Und doch: In dieser Nacht war er wieder da, der Wunsch nach Unfreiheit, nach verbindlicher Zweisamkeit. Ich schlief schlecht, träumte von meinen schwankenden Leitern. Seit ich träumen kann: schwankende Leitern, instabile, aufeinander gestellte Gerüstkonstruktionen, auf denen ich zaghaft und ängstlich herumsteige, abwärts, aufwärts, seitwärts, die ich nie freiwillig betrete, immer nur, um mich in Sicherheit zu bringen, vor noch instabileren Bauwerken – einstürzenden Türmen, Gerüsten, Nadelfelsen. Man braucht keine Traumdeutungsexpertise, um zu wissen, worum es geht. Darum, alleine im Bett zu liegen, und darum, keinen abgesteckten Parcours vor sich zu haben, darum, jede Entscheidung immer selbst treffen zu müssen.

Ivan, so heißt der Bär, las Vater vor, und: ehemaliger Tanzbär in Russland. Während er den Kleinen hochhob, damit er Karotten durch die Fütterröhre in das Innere des Bärenkäfigs werfen konnte, versuchte er, in Ruhe das Schild zu Ende zu lesen. Daniel und ich standen etwas abseits, wir grinsten, weil Vater alle Schilder laut vorliest, immer schon, zwanghaft, in den Museen, auf den Infotafeln, eine Kindheitserinnerung: Alle wollen weitergehen, Mutter genervt, Daniel und ich zappelig, und Vater liest sich murmelnd selbst vor, bis er fertig gelesen hat. Zum ersten Mal seit langer Zeit hatte ich wieder das Gefühl, einen Bruder zu haben.

Seit dem Aufstehen wehrte ich mich trotzig gegen die Traurigkeit, ich wehrte mich aber auch gegen eine weitere Wanderung und gewann Bettina schon beim Frühstück als Verbündete, die es satt hatte, ihr Baby gegen die Schwerkraft anzuschieben. Na gut, sagte Daniel feierlich und schnitt ein Marmeladebrot in kindermundgerechte winzige Quadrate, dann gehen wir eben zum Bärenhof. Den Bärenhof sieht man in der Südsteiermark von fast jeder Kuppe: eine Art Mini-Guantánamo, verstörend hohe Zäune in malerischer Umgebung. Von innen ist es ein bisschen tröstlicher, aber auch wenn die betonierten Gehege mit den riesigen Bärenkothaufen darin angeblich artgerecht sind, es ist ein trauriger Ort mit traurigen Bärengesichtern und -geschichten. Alfred hätte all das mitmachen können, und doch kann ich ihn mir nicht vorstellen, wie er sich, die Hände hinter dem Rücken verschränkt, durch unsere Bärenbesichtigung quält, wie er, anstatt so schweigsam wie sonst, in irgendein belangloses Gespräch mit Mutter verkeilt die steile Straße ansteigt, gegen die Schwerkraft der Peinlichkeit, des Desinteresses. Was hätte er mit Mutter geredet, schlimmer noch, was mit Vater? Mit Daniel hätte er über die Kinder reden können, oder auch mit Bettina. Bestimmt hätte er eine einfache Sprache gewählt, das eine oder andere komplizierte Fremdwort gegen ein leichter verdauliches ausgetauscht, er hätte den Ball bewusst flach gehalten und das hätte seine Herablassung und Deplatziertheit doch nur umso greifbarer gemacht. Aber Daniel hätte das Spiel mitgemacht, mir zuliebe, und um dem Familienwochenende noch mehr Harmonie einzuhauchen.

Mutter schob den Kinderwagen den kleinen Asphaltweg der Anlage auf und ab, damit das Baby, das offenbar ununterbrochen bewegt werden muss, auch im Schlaf, nicht aufwachte, und Bettina döste auf einer Bank in der milchigen Herbstsonne, den Mund halb offen. Wie geht's mit dem Radiomoderator, fragte Daniel plötzlich, und ich unterdrückte den Impuls, alles schönzumalen, stattdessen erzählte ich von Elias, von Valerie und vom Wutkübel und der Seelensuppe. Ich erzählte von allem, außer von Alfred. Er nickte und fragte nicht nach. Es ist immer noch so: Wenn ich herumeiere, fragt Daniel nicht nach, denn unter dem Herumeiern ist ohnehin die Antwort deponiert: Nichts ist in Ordnung. Manchmal ist da dieses Band zwischen uns, immer noch, ganz besonders dann, wenn sein neues Leben ein paar Minuten Pause macht, ein bisschen so wie damals in der Höhle, die wir uns aus Stühlen und Decken gebastelt haben, in die wir Kochschokolade und Rosinen, die einzigen Süßigkeiten, deren Verschwinden Mutter nie bemerkte, geschmuggelt hatten, obwohl Essen im Kinderzimmer nicht erlaubt war. Zwei Regeln auf einmal zu brechen, das war der schönste Teil des Spiels. Ein bisschen beneide ich ihn um diese Fähigkeit, unsere Eltern glücklich zu machen, einfach nur, indem er Enkelkinder produziert hat, egal, wie anstrengend und nervig die Kinder sind. Das ist es, was ich Alfred gerne gezeigt hätte: dieses Band zwischen Daniel und mir, das Höhlengefühl. Die Kochschokoladen- und Rosinenverschwörung, gegen die Eltern, gegen die Klette. Das hätte ihn wahrscheinlich interessiert.

Die Klette hätte ich gern dabeigehabt, sagte Daniel, und ich antwortete grinsend: Die Klette hätte hier bei der Speckjause einen riesen Veganer-Aufstand gemacht. Er grinste nicht.

Nächstes Mal, tröstete ich ihn.

Bär Ivan hatte ein stumpfes Fell, das ich trotzdem gerne angegriffen hätte. Kooperativ fing er mit der Tatze eine Karotte nach der anderen aus der Röhre, um sie in sein Maul zu stecken, und irgendwann beugte er sich zur Öffnung und hielt das Maul auf.

Der Anblick rührte mich überraschenderweise zu Tränen, die ich mir verstohlen aus den Augen wischte, was sollte denn das, ein geretteter Bär, der Karotten frisst, mit dem Mitleid zu haben, das ist doch lächerlich.

Als die Karotten aus waren, war es fast vorbei mit dem Frieden. Der Bub wollte mehr Karotten, er bekam natürlich mehr Karotten, aber Ivan drehte sich mit einem feuchten Rülpsen weg von der Röhre und wackelte in seinen Bau, und auch die anderen Bären versteckten sich geschlossen in ihren Verschlägen, also schmiss der Bub in seinem Frust alle Karotten gleichzeitig auf den Boden, Vater protestierte, der Bub heulte, das Baby wachte auf, Bettina wurde aus dem Schlaf gerissen. Wir versuchten es noch mit einem Mittagessen, aber man kann nicht alles mit einem guten Morillon runterspülen.

Zu Mittag verabschiedeten wir uns. Ich fuhr mit den Eltern im Auto mit, saß auf der Rückbank des Volvo, sah die Hinterköpfe meiner Eltern, und da traf mich die Erkenntnis, dass meine Eltern alt geworden sind. Man sieht es nicht an den Eltern, sondern an den eigenen Gedanken, die in eine Art Sackgasse hineingereift sind. Früher fragte ich mich selten, was passiert, wenn einer von den beiden stirbt. Jetzt dudelte Radio Wien, jetzt zog das burgenländische Thermenland an mir vorbei, und ich fragte mich: Wer von den beiden wird zuerst sterben? Wer wird den überlebenden Elternteil pflegen, und wer wird ihnen dabei helfen? Würde sich Vater eine neue Partnerin suchen? Mutter einen neuen Partner? Wie lange werden wir noch solche Ausflüge machen? Sie ließen mich bei der U-Bahnstation aussteigen, und wir beteuerten einander, wie nett es war. Was bedeutet das, ein nettes Wochenende? Reicht das für ein nettes Leben? Ist ein nettes Leben in Hinblick auf die Unruhen in der Welt schon ein Luxus? Verwehre ich mir den?

So ein Novembersonntag zieht sich früh in die Dunkelheit zurück, wenn man nicht zu zweit ist. Ich versuche, ein Buch zu lesen, ich versuche, fernzusehen, ich lande vor dem Laptop. Welche

Geschlechtskrankheit darf es denn sein? Ist Mark ein HIV-Typ oder überträgt er eher Tripper, Gonorrhoe oder Trichomonaden? Ich nutze den freien Abend vor dem PC und recherchiere die Geschlechtskrankheit, die am ehesten zu meinen Symptomen passt. Alles passt, wenn man sich ein bisschen bemüht hineinsteigert. Ich stelle mir vor, Mark anzurufen. Hallo Mark, wie läuft's in Sölden? Mich juckt es seit unserem Küchenfick, sag schnell, soll ich mir was gegen Gonorrhoe besorgen oder doch etwas anderes? Was hältst du davon, Vater zu werden? Gute Idee? Ich stelle mir vor, Alfred anzurufen. Ich bin's, deine ruhige Schöne, deine geheimnisvolle Glatthäutige. Es tut mir leid, dass ich deinen Sohn nicht leiden kann. Es war keine Absicht, mich für dich zu schämen, weil du wie ein alter Mann mit Hut und Pullunder ausgesehen hast. Es ist einfach passiert mit Mark, diesem jungen, knackigen Kollegen, stell dir vor, einfach so, in der Küche, zwischen dem käseverkrusteten Ofen, den schmutzigen Tellern und dem Bierkistenstapel. Nein, stell es dir lieber nicht vor. Ohne Kondom. Was sagst du dazu? Nimmst du mich wieder zurück, auch wenn ich mir einen Tripper eingefangen habe? Bin ich auch als Schwangere deine ruhige Schöne?

Aber ich könnte ihn anrufen und fragen: Was wolltest du im *Namenlos*? Was erwartest du von mir? Warum taugst du nicht als Mittel gegen meine Einsamkeit? Bist du heute auch einsam? Wie geht das, dass ich gleichzeitig einsam sein kann und trotzdem so gebunden, dass ich dich nicht betrügen darf? Wieso haben wir keine Abmachungen getroffen, warum gibt es keine Regeln in unserer Liebe?

Hier, vor meinem Laptop, in meiner dunklen Wohnung, aus dem mir eine blau gefärbte Chlamydienfamilie unter dem Mikroskop entgegenleuchtet, werde ich wütend auf Alfred, aber auch auf mich. Unsere Liebe war bis jetzt über dieses papierne Regelwerk erhaben: Geregelte gemeinsame Wochenenden, stabile Wohnverhältnisse, finanzielle Schulterschlüsse, eine harmonisch abgestimmte Urlaubsplanung. Diese verwachsenen, genormten, festen Zinssätze und Wechselkurse in der Erbsenrepublik. Ein Paar und ein Wohnsitz und ein sicheres Gehalt machen ein Kind. Wenn ein Kind kommt, kommt noch fast ein halbes dazu, 1,43 frische Erbsen pro Frau für das System in Österreich. Alfred und ich taugen überhaupt nicht für diese arithmetischen Vergleiche. Alfred und ich sind wirklich ziemlich ungebunden gebunden, eher lose verklebt wie ein Post-it auf einem Post-it-Block, das man wieder und wieder abziehen und zurückkleben kann.

Erbsenzählen wollen wir doch beide nicht. Ich sehe Alfred seufzen. Ich stelle mir vor, wie wir durch die nebligen Weingärten spazieren, wie wir uns Schritt für Schritt in unsere schwebende Ordnung zurückreden, mit leisen Stimmen und klugen Aussparungen. Wie wir uns küssen, als wäre nichts gewesen, nicht besonders leidenschaftlich, aber zärtlich und ein wenig schüchtern. Wie wir uns danach lieben, der anlassbezogenen Feierlichkeit wegen einmal auf dem Küchentisch oder im Wohnzimmer vor der Bücherwand und nicht im Bett. Je mehr ich ihm verschweige, desto höher steigen unsere Chancen, zusammenzubleiben. Aber sind wir das, tatsächlich zusammen?

Wenigstens macht Alfred keine Urlaube. Maximal Kurzurlaube. Ein bisschen Toskana, ein bisschen Waldviertel, immer im Anschluss oder als Vorprogramm für ein Literatur- oder Theaterfestival oder eine Jazzgeschichte. Die Katzenmusik geht oft auf Tournee, sie spielen überall dort, wo Alfred und die anderen Bandmitglieder ihre Finger drinhaben. Kleine Jazzfestivals in Frankreich, Irland, Polen, Slowenien, überall dort, wohin der Einfluss der Herren reicht.

Einmal waren wir in Venedig, ein Wochenende ganz ohne Begleitprogramm, letztes Jahr im November, da war gerade noch Biennale, unsere Liebe noch jung. Alfred zeigte mir die Pavillons, die man gesehen haben muss, und natürlich die Guggenheim Collection, die durfte nicht fehlen. Er bestellte die Vongole, die man gegessen haben muss, und er zahlte alles. Der gefrierende Nebel fing sich in unseren Mänteln und Haaren, er zeichnete alles weich, Tag und Nacht verschwammen ineinander, Bett und Museum, die Linguini und der Wein, die Kunst und der Kitsch, Alfred und ich. Und bevor es mir zu nass werden konnte, saßen wir schon wieder im Zug nach Wien. Um ehrlich zu sein, die Heimreise ist mir von allem am besten in Erinnerung. Wir tranken eine Flasche Montepulciano im Schlafwagen, aus Plastikbechern, wir kicherten und der Schaffner zwinkerte uns verschwörerisch zu. Das kalte Zugfenster im Rücken, und Alfred, der auf dem Bett sitzt, mir langsam die Strümpfe vom Bein rollt und mir dabei in die Augen sieht, und draußen rast das nächtliche Venetien an uns vorbei. Ein einziges Jetzt, zerfallen in lauter schöne Erinnerungsfragmente, die ich wie Schmuck in eine kleine Schatulle gepackt habe, Kettchen und Hängerchen, die ich langsam herausziehe und bestaune. Wie Mutter und ihre lächerlichen Schmuckschatullen, überall im Haus kleine Schatzkistchen, als müsse man alles bewahren und vergraben, anstatt es zu genießen. Als müsse man sein Glück horten und verstecken, für später, wenn das Beste vorbei ist, das man eigentlich nie hatte. Ich werfe die Gedanken zurück, mache den Deckel zu.

Und plötzlich geht alles ganz von alleine. Ich dusche mich und ziehe ein schlichtes schwarzes Kleid aus leichtem Stoff an, das mir ein bisschen zu groß ist und das Alfred mag, weil er es mir gekauft hat, weil er mich gerne in Schwarz sieht, weil er gerne unter das Kleid fährt, von unten und von oben, durch den weiten, lockeren Ausschnitt, erst mit einer, dann mit beiden Händen, der leichte Stoff macht all das mit. Er ist zwar zu dünn für einen Novemberabend, aber mit einer wärmenden Unterwäsche macht die Sache mit dem leichten Kleidchen nur halb so viel Spaß. So ist das nun mal, Frieren ist ein wichtiges Modeaccessoire, genauso wie Schwitzen, Schmerzen oder Hautreizungen. Ich ziehe den safranfarbenen Kaschmirumhang, den mir Alfred ebenfalls gekauft hat, darüber. Ich wasche mein Geschirr ab, schminke mich apart und blass, verlasse die Wohnung so pünktlich, als hätte ich es mir den ganzen Tag über so eingeteilt, und betrete die Bar in dem Moment, als die Band schon zu spielen begonnen hat. Der Zuschauerraum ist dunkel, die Bühne ist unprofessionell ausgeleuchtet, Alfred steht im kurzärmligen hellblauen Hemd und in Anzughose auf der Bühne und bläst verzagte Töne in den Raum. Eine Art Gegenteil von Rockstar, wahrscheinlich ist ihm jetzt schon heiß, seine Geheimratsecken glänzen, obwohl er sich so gut wie gar nicht bewegt. Es ist ein Lied, in dem die Klarinette hinter das Saxofon zurücktritt, und Alfred spielt seine Nebenrolle mit einer selbstvergessenen Glückseligkeit, den Blick auf den Boden vor sich gesenkt, es sieht fast so aus, als hätte er die Augen geschlossen. Würde er ein Solo spielen, hätte er seine Beine nicht unter Kontrolle, die Knie würden einknicken, der Oberkörper sich biegen, die Füße vor- und zurückwippen. Wie immer, wenn ich Live-Musik höre, aber nur dann, erinnere ich mich an das Klavierspielen, an das Klavier im Wohnzimmer meiner Eltern, hinter der Glastür versteckt, die immer offen stand, außer wenn ich spielte. Den Hocker, der farblich nicht zum Klavier passte, musste ich mir aus dem Vorzimmer holen, wo er als Sitzgelegenheit fürs Schuheanziehen einen Nebenjob hatte. Wie ich die Noten nie lesen konnte, und wie ich mir die Melodie auswendig merkte, und wie die Klavierlehrerinnen das nicht akzeptieren wollten und ich deswegen schon als Kind lernte, das Notenlesen vorzutäuschen. Das einzigartige Gefühl der völligen Vereinnahmung meines Gehirns und meiner Hände, an nichts anderes als an das Spiel denken zu dürfen, weil man sich sonst verspielte.

Das Publikum überschaubar, dreißig, vierzig Leute werden es wohl sein, Sonntag ist kein guter Tag für Konzerte, aber ich weiß, darum geht es Alfred nicht. Ich setze mich an die Bar, obwohl an einem der vorderen Tischchen noch Platz wäre, bestelle ein Glas Wein, und noch bevor ich den ersten Schluck gemacht habe, geht es schon los mit der Heulerei, ich wische mir die Tränen aus den Augen. Reiß dich zusammen, höre ich Mutter sagen. Als wäre an einem Riss irgendetwas stabilisierend. Ich kann mich auseinanderreißen, Mutter, ich kann mich zusammenkleben, aber zusammenreißen ist widersinnig.

Das Klavier in Vöcklabruck war hässlich, klein, auf eine affektierte Art weiß lackiert. Tuntenpiano, sagte Vater abschätzig, als es geliefert wurde. Aber es war günstiger als die schönen, feingliedrigen Jugendstilklaviere, die Mutter so gut gefallen hatten, es war handlicher als die großen schwarzen Flügel, die mir gefallen hatten, es war ein *gutes, dennoch leistbares* Klavier, wie der Verkäufer uns diplomatisch zu verstehen gab, dass es das einzige für uns leistbare war. Vater suchte den Platz hinter der Wohnzimmertür aus, das Klavier ins Obergeschoß, in mein Zimmer, wo viel mehr Platz gewesen wäre, transportieren zu lassen, wäre noch teurer gekommen. Etwas an diesem Klavierspielen störte ihn, muss ihn schon an Hilda gestört haben, die sich so schwer in den ländlichen Hausrucker Alltag eingliedern konnte, die sich trotz der bäuerlichen Schwierigkeiten all die musikalischen Extrawürste ertrotzt hatte, erst den Förderunterricht, dann das Mozarteum: Improvisation und Harmonielehre statt Stallarbeit und Heuen. Ich stelle mir Hilda ein bisschen so vor wie die Klette, nur mit mehr Talent.

In der ersten Reihe die Tontechnikerin, die älter ist als ich, aber sehr knackig, die zu jedem seiner Konzerte kommt. Und die Karottenrothaarige mit den monströsen Ketten, die so alt wie Alfred ist und auch auf jedem seiner Konzerte anzutreffen ist, die aber nur wegen der Waldhonigstimme, die von der Klarinette verschluckt wird, da ist, vermute ich. Und der von der Eventmanagementfirma, von dem ich mich frage, was der sich erwartet, wegen der Musik ist er jedenfalls nicht da, unter dem Tisch tippt er verstohlen auf seinem Smartphone herum. Kein Musikjournalist, kein Vinzent, keine Valerie, schon gar kein Elias. Alfred spielt für sich selbst und um seiner selbst willen, aber mit dem richtigen Publikum könnten es goldene Momente sein.

Mit wem habe ich mehr Mitleid, mit Alfred oder mit mir? Meine Konzerte im Saal der Musikschule Vöcklabruck spielte ich für eine anonyme, dunkle Masse, die immer auf meine Vorgänger und Nachfolger wartete, weil niemand wegen der Musik, sondern jeder nur wegen seines Kindes da war, und meine Eltern hatten selten Zeit. Ich lasse die drei Männer auf der Bühne zu drei hellen Klecksen verschwimmen und den Kontrabass zu einem schwarzen. Ich lasse den Wein in meinem Mund herumrollen, die Klagelaute aus Alfreds Instrument in mein Ohr sickern. Ich sehe auf den hellblauen Alfredfleck und lasse die Heulerei zu, endlich kann ich weinen, ungestört. Nur die Kellnerin hat es gesehen, doch sie dreht sich um und tippt diskret auf dem Touchscreen der Gastrokasse herum.

6

Soll ich für Elias kochen? Ich stehe in Alfreds Küche, in der ich immer nur Kaffee oder Tee gekocht habe. Elias bestellt im Restaurant immer Schnitzel mit Pommes frites, etwas anderes habe ich ihn fast nie essen gesehen. Zu Hause isst er manchmal Toast, liebevoll *gekocht* von Alfred. Er lässt auch immer etwas stehen, Teller mit den Überbleibseln und den klebrigen Ketchupflecken, vor denen mir graust. Ich sollte kein Risiko eingehen, ich sollte mit ihm essen gehen. Aber dann wären wir in einem Lokal, es wäre befremdlich, wir würden aussehen wie eine ausgewachsene Teeniemutter mit ihrem wohlgeratenen Spross, und ich mag nicht auch noch Geld ausgeben für meine neuen Stieftussipflichten.

Alfreds Wohnung ist leer ohne Alfred, kühler, dunkler. Ich schalte die Lichter an, im Wohnzimmer und im Vorzimmer, in der Küche. Ich habe gehofft, es würde etwas geben im Tiefkühlfach, etwas Unverfängliches wie eine Pizza oder Pommes, aber die Fächer sind leer bis auf ein paar Säckchen mit scheinbar vorgekochtem Essen, säuberlich beschriftet mit Etiketten, die eine fremde Handschrift tragen: Rehkeule, Kichererbsencurry, Linsen. Ich habe schnell wieder zugemacht. Wer kocht da für ihn? Vinzent? Valerie?

Der Kühlschrank ist nicht viel besser: Dijonsenf, Leinöl, Kräuteroliven, abgepacktes Carpaccio. Eingelegte Taglilienblüten, mein Gott. Nichts als Alfred-Snacks, für die schnellen Happen im Stehen, zwischen Konzerten, Studio und Theater. Allesamt unzumutbare Herausforderungen für Elias' konventionell orientierten Gaumen. Nudeln müssten gehen. Nudeln gehen immer. Es gibt aber nur Lasagneblätter, ich ziehe meinen Mantel an und gehe einkaufen. Nudeln, im Angebot, Fertigsugo, im Angebot, ich nehme gleich mehr, auch für mich zu Hause. Salat? Habe ich ihn jemals Gemüse essen gesehen?

Alfreds Küche in Wien wirkt wie der große, vernünftige Bruder von Alfreds Küche in Schönkirchen, die Laden sind ordentlicher, richtig nüchtern, aber vielleicht liegt das daran, dass sie leerer sind. Wie die Abwesenheit des Besitzers eine Wohnung verändern kann. Meist habe ich hier nur übernachtet, nach einem Dienst, nach einem Theaterbesuch mit Alfred, nach einer der opulenten Séancen. Nach dem Vormittagssex war dann Schluss mit Zweisamkeit, und bevor es zu heimelig werden konnte, hatten wir beide schon etwas anderes, etwas Wichtigeres zu tun.

Ein leichter Vorderwandinfarkt. Das kann in seinem Alter passieren. Am Sonntagabend stand Alfred noch auf der Bühne und sah mich nicht, am Dienstagmorgen steckten sie ihm den Herzkatheter in die Leiste. Am Dienstagabend besuchte ich ihn, gräulich lag er im Krankenbett seines Sonderklasse-Einzelzimmers, Holzvertäfelungen an der Wand, Tablettendispenser, Vase, Schnabeltasse und Zeitung auf dem Nachtkästchen, draußen ein nackter Baum mit Krähen. Zum Weinen, wenn man gesellschaftsfähig weinen könnte, wenn man nicht falsch gepolt wäre und zu klagenden Instrumentensolos, Marschmusik, Faschingsumzügen und Geburtstagsgratulationen in Bars weinen muss, bei Begräbnissen, Hochzeiten und Verzweiflung aber seltsam tränenlos bleibt. Gott sei Dank kommt so ein Herzkatheter ohne Schläuche und Drainagen aus, ohne Sekrete, die in transparente Beutelchen sickern. Ich erinnerte mich an den Theorieteil Kardiologie: Vorderwandinfarkt, Hinterwandinfarkt, die Grafiken mit den Coronargefäßen, die Plaque immer gelb eingezeichnet, der Thrombus dunkelrot oder grau, dann der Zugang über die Leistenvene zu den Herzkranzgefäßen, die Gefäßöffnung, die über den Venenkatheter erfolgt, der Blutverdünner, Betablocker, Reha, Ernährungsumstellung, Bewegung, Bewegung, Bewegung. Ich sah keine Urinflasche, er durfte womöglich schon aufstehen, aber das kleine Sandsäckchen sollte noch auf der Leistengegend liegen, auch wenn ich es nicht unter der Decke sehen konnte. Ich setzte mich auf den Besucherstuhl. Schon wieder Schweigen.

Es hat einen halben Tag gedauert, Alfreds Vorderwandinfarkt persönlich zu nehmen, mich schuldig zu fühlen. Diese Distanz im *Namenlos*, die darauffolgende Funkstille. Vielleicht hat er nicht schlafen können, sich gekränkt gefühlt, sich geärgert. Vielleicht war es mein unbeholfenes Ausweichen, das ihn in Panik versetzt hat. Vielleicht war er auch nur nervös wegen des Katzenmusik-Auftritts. Vielleicht hat er nach dem Auftritt, als ich schon längst im Bett lag, wieder so viel geraucht und getrunken, wie er es gerne macht, nachdem er im Rampenlicht gestanden ist.

Da lagen die Thrombosestrümpfe auf dem Nachtkästchen, hautfarbene Würstchen. Trägst du die nicht, habe ich gefragt. Jetzt setzte er sich auf, bekam richtig Farbe im Gesicht und sah mich wütend an. Lass mich ja in Ruhe, sagte er. Ich brauche niemanden, der mir Gummistrapse anschafft. Ihr könnt mich alle am Arsch lecken. So kannte ich ihn gar nicht, so vulgär und aufbrausend. Er nahm die Strümpfe und warf sie von sich, sie landeten am Fußende des Betts. Die Waldhonigstimme bekam einen Bruch. Alfred wütend, das habe ich noch nicht oft erlebt, aber es hat mir gefallen. Doch sofort kamen die Sorgen, sofort war da das kranke Herz, riesengroß, gefährlich schnell schlagend. Sorgen, das ist etwas ganz Neues, Großes, Organisches, das jetzt zwischen ihm und mir steht, das Herz wird ab jetzt immer auf Augenhöhe sein, egal, was ich sagen und tun werde, das wird so bleiben.

Die haben mich einen Revers unterschreiben lassen, dass ich sie nicht trage, auf eigenes Risiko, sagte Alfred gallig. Die Schwester hat mit mir geschimpft wie mit einem Lausbuben, sie hat mit den Strümpfen herumgefuchtelt, diese Walküre.

Was ist so schlimm an diesen Strümpfen, fragte ich mutig.

Bevor ich so etwas anziehe, sterbe ich lieber. Darauf kann man nichts sagen. Also lachte ich. Es war ein hilfloses Lachen, in das er miteinfiel, das gemeinsame Lachen wie ein lange vorenthaltener Trost. Aber der hielt nicht lange an, die Schnabeltasse holte mich zurück in den deprimierenden Krankenhausalltag. Kann es kein Glas sein? Dieser Krankenhausgeruch, Desinfektionsmittel, diese Luft, eine feine, faulige Note. Eine Aromenmischung für Duftlämpchen, mit der Aufschrift »Unglück und Schmerz«. Kein Wort über unser Schweigen, über die Sache im *Namenlos*, über das Danach. Schweigen über das Schweigen. Ich nahm seine Hand und lächelte. Er lächelte zurück. Alfreds Hand trocken, papieren, kühl. Kein Geständnis, kein Streit, keine Versöhnung, sondern eine kleine verstopfte Ader in seinem Herzen, die jetzt im Mittelpunkt unserer Beziehung steht, die ein Stellwerk markiert. Ein altes Jetzt steht am Nebengleis, und eine neue Gegenwart hat Fahrt aufgenommen, seit Valerie angerufen hat: Selbstverständlich komme ich ins Krankenhaus, selbstverständlich packe ich ein paar Sachen und bringe sie ihm, selbstverständlich koche ich für Elias, diese paarmal, bis wieder Ordnung einkehrt. Man sorgt sich, das versteht sich von selbst. Man ist da.

Ich saß im Krankenhaus und versuchte, da zu sein. Wie macht man das, wenn man immer nur dort war? Ich durfte nicht fragen, warum er Valerie angerufen hatte und nicht mich. Am liebsten wäre ich draußen auf dem Gang geblieben und hätte durch ein Fenster gewinkt, wie in diesen amerikanischen Ärzteserien, wo immer so schöne Fenster mit Jalousien zwischen Krankenzimmer und Gang sind, und die Jalousien werden immer zugezogen, wenn das Jungärzteteam zum Liebesakt schreitet. Aber die Wiener Spitäler haben keine Fenster zum Gang, nur Mauern, und man muss ins Zimmer hineingehen, und winken alleine gilt nicht als fürsorglicher Akt, auch dann nicht, wenn die Fürsorglichkeit ja gar nicht von mir verlangt wird, sondern von Valerie. Ob mir Alfred das gar nicht zutraut, das *da sein*? Kein Glas zwischen uns, nur Schweigen. Wie geht es weiter, wollte ich fragen. Wird alles wie früher? Wirst du noch arbeiten können, wirst du noch Sex haben wollen, wirst du beim nächsten Infarkt sterben? Stattdessen fragte ich ihn diese abgedroschenste aller Fragen: ob ich ihm noch etwas besorgen könne, ob er etwas brauche. Ein neues Herz, sagte er.

Das Wasser aufsetzen, den Tisch decken.

Mark hat mich nicht geschwängert, die Regel kam pünktlich, aber mit Chlamydien infiziert. Der Arzt tat so, also wäre nichts dabei, als er mich am Tag nach dem Abstrich anrief und zu sich bestellte. Man muss einfach eine Woche Antibiotika nehmen, dann gehen sie wieder weg. Die Kontrollabstriche und die jährlichen Untersuchungen müssen eben gemacht werden. Das gilt auch für den Partner.

Der Arzt hat recht, man gewöhnt sich an das Wort Geschlechtskrankheit. Eine Geschlechtskrankheit ist in Wirklichkeit so banal wie ein Schnupfen. Der Schrecken nach der Diagnose ist verpufft. Was nicht verpufft, ist das Gefühl, mich mit einer Achtlosigkeit infiziert zu haben, die an Marks Schwanz klebt, die er auf mich abgestreift hat.

Was kleben bleibt: die Gewissheit, eine von vielen gewesen zu sein. Als hätte ich vor Mark meinen Respekt eingebüßt, als Kollegin und als Geschlechtspartnerin. Dabei klebte ja auch etwas von mir an Mark, als wir das *Namenlos* in der Früh verließen. Alles andere blieb zurück, als wir die Tür der Bar abschlossen und uns zärtlich verabschiedeten. Und all das einvernehmlich.

Ich muss Mark davon in Kenntnis setzen, dass Pilze und Chlamydien auf seinem Schwanz wachsen. Mark, dieses Ferkel. Jetzt, wo wir beide Chlamydien haben, könnten wir theoretisch Sex haben. Mit Alfred kann ich das eine Zeit lang nicht. Wie praktisch, dass sein krankes Herz jetzt zwischen uns steht und ich ihm nichts erklären muss.

Mein Krankenhausbesuch war nachmittags, ich hatte zwei Stunden bei Alfred eingeplant, nach dreißig Minuten wussten wir schon nicht mehr, was wir reden sollten. Wie fragil der menschliche Körper ist, so eine kleine Ader und so ein Riesentheater, und gleich so nahe am Tod. Da ging die Tür auf und Valerie kam herein, in einem edlen, schwarzen Wollmantel, der so sehr Alfreds Geschmack entspricht, dass ich augenblicklich wusste, Alfred hat ihn ihr gekauft. Er sah neu aus, ganz flauschig und weich, ich hätte ihn gerne berührt. Sie rauschte auf Alfreds Bett zu, der Duft nach Pfirsichshampoo hüllte uns alle drei ein. Sie war aufgebracht, besorgt, sie begrüßte mich nur mit einem angedeuteten Lächeln. Was der Arzt gesagt hätte. Wie dieser Wert und jener Wert aktuell stünden. Sie war viel besser informiert als ich, und Alfred ließ sich wieder ein bisschen in sein Kissen, in sein Leid zurücksinken, er suhlte sich in der Fürsorglichkeit, auf die er scheinbar gewartet hatte. Valerie exerzierte mir vor, wie das geht, das *da sein.* Man soll nicht einfach dasitzen und präsent sein, man muss empathisch sein, hineinkriechen in den anderen. Ich fürchte, das habe ich nie gelernt. Valerie und Alfred können das, sie sind eine Familie. Elias hat sie zur Familie gemacht, er hat sie so zusammengeschweißt, dass keine Scheidung, kein Vergehen, keine Verfehlung die beiden auseinander bringen kann. Nicht Alfreds zerstreuter Egoismus, seine Gedankenlosigkeiten, seine schwierigen Dienstpläne, nicht die Sache mit der Erbschaft, die er gemacht hat und in das Wochenendhaus investierte statt in eine größere Wohnung in Wien, und die Valerie offiziell als Scheidungsgrund artikuliert hat. Nicht Valeries Affäre, die Alfred als eigentlichen Scheidungsgrund diagnostiziert hat, nichts, was in der Zukunft passieren wird. Elias ist ihre gemeinsame Zukunft. Valerie berührte Alfred an der Schläfe, um eine Staubfluse zu entfernen, genau dort, wo ich ihn selbst so gerne berühre. Kein Haar passte zwischen die beiden, und schon gar keine Annika. Eine Welle der Enttäuschung brach über mich herein, ein zäher Strudel im Magen, etwas wurde abgesaugt, mir wurde flau. Ich stand auf, sie sahen mich jetzt beide an, erschrocken, aber verschworen, ich musste mich schnell verabschieden, Valerie drückte mir ihre samtige Wange auf, erst rechts, dann links, diese affige Begrüßungs- und Abschiedsküsserei, wie ich sie hasse. Ich muss, sagte ich, ohne Angabe von Gründen, so ist es am besten, dann küsste ich Alfred auf den Mund, vorsichtig und demonstrativ. Der Gang durch den Bettentrakt mit dem Brennen im Hals, zwei Jungärzte kamen mir entgegen, ein bisschen unscharf, im Schwesternzimmer drängten sich ein paar sehr verschwommene Frauen zusammen. Ich erinnerte mich an die Zeit im Krankenhaus, immer so wenig Platz im Schwesternzimmer und immer zu viel Kaffee, ich erinnerte mich ganz konzentriert, weil ich nicht in Tränen ausbrechen durfte, nicht vor der alten Frau im Bademantel im Lift, nicht im Foyer des Krankenhauses, erst an der Luft, auf dem erstbesten Bänkchen. Zu nichts bin ich gut, dachte ich heulend, erst mache ich Alfred kaputt, dann weiß ich nicht, wie man ihn wieder repariert, ich weiß nicht einmal, wie ich den kaputten Alfred angreifen soll, aber, ich richtete mich wieder auf, immerhin zum Kochen für den Sohn reicht es, das ist ein Anfang.

Das Wasser kocht, Elias sollte in ein paar Minuten da sein, die Soße ist heiß, sie blubbert und spritzt. Ich schalte den Herd aus und gehe in Alfreds Schlafzimmer. Das Bett ist gemacht, die Bücher auf dem Nachtkästchen ordentlich gestapelt. Wenn er hier, in seiner Wohnung, den Infarkt gehabt und den Notarzt gerufen hat, wieso ist da kein Chaos? Wer hat das Bett gemacht? Machen Sanitäter Betten, machte Alfred das Bett, während er den Infarkt hatte?

Ich gehe zurück in die Küche, lasse die Nudeln ins Wasser gleiten, werfe die Verpackung in den Müll, auf die Teebeutel, den Kaffeesud, die Sardellendose, den Sektkorken, es riecht schrecklich, man könnte das alles recyclen, Gutmenschenmüll sieht anders aus. Wie lange stinkt der schon vor sich hin? Die Putzfrau kann schon länger nicht hier gewesen sein. Der Sektkorken, mit wem hat Alfred Sekt getrunken, wann und warum? Ich höre, wie der Schlüssel ins Schloss gesteckt wird, Elias kommt nach Hause, ich lehne mich in den Türrahmen zum Flur und trockne mir die Hände ab, grüß dich, Elias. Hallo, murmelt er, wirft den Rucksack zu Boden und streift sich die Sneakers ab. Er sieht mich gar nicht an, erst als er an mir vorbeigeht, hebt er kurz den Kopf. Was fragt man einen Pubertierenden, wenn er von der Schule kommt? Wie war's? Gibt's was Neues? Mir ist alles neu, wenn es um Elias' Alltag geht. Wir müssten bei Null beginnen, das will ich uns beiden ersparen. Es gibt Spaghetti, sage ich und versuche Trost und Mütterlichkeit in meine Stimme zu packen, während er sich an den Tisch setzt, das Handy hervorholt und herumscrollt. Magst du Parmesan, frage ich, er schüttelt den Kopf, ohne den Blick zu heben. Der Vater hatte einen Herzinfarkt, die Mutter ist bei einem wichtigen Termin, bestimmt braucht der Bub Trost, vielleicht ist mein Trost gut genug. Ich mache den Salat ab, gieße das Nudelwasser ab, richte einen Teller Spaghetti an und stelle alles vor ihn hin. Brav legt er sein Handy weg und beginnt zu essen. Soll ich mich zu ihm setzen? Ihm ist unsere Zusammenkunft genauso unangenehm wie mir. Zumindest das haben wir gemeinsam. Wir könnten uns genauso gut verbünden, mit den Augen rollen, darüber, wie spießig die Alten sind. Ungeachtet des Umstands, dass ich doppelt so alt bin wie er, könnten wir uns gemeinsam unverstanden fühlen, wir könnten etwas Verbotenes machen: Klebstoff schnüffeln, Gras rauchen, uns an Alfreds heiligen Single Malts vergreifen.

Ich war heute bei deinem Papa, sage ich stattdessen, der kommt übermorgen wieder nach Hause. Er nickt und wickelt die Spaghetti auf, stopft sie in sich hinein, sie schmecken ihm, ich unterdrücke meine Genugtuung. Ordentlich essen kann er theoretisch, man sieht es daran, wie er das Besteck hält, die Ellbogen eng am Körper, jetzt müsste er nur noch den Kopf gerade halten. Der aber hängt und kaut vor sich hin, die halblangen Haare immer ganz nah beim Mund, ich kann gar nicht hinsehen. Schmeckt's? Er nickt. Kann ich ein Wasser, fragt er. Das Verb fehlt, denke ich mir, und: Kannst du dir nicht selbst ein Wasser? Aber ich stehe brav auf und lasse das Wasser laufen, damit es schön kalt ist, und stelle es vor ihn hin.

Wir haben noch nie so viel miteinander geredet. Warst du

schon beim Papa? Er schüttelt den Kopf. Heute Abend, sagt er, die Mama holt mich dann von dort. Zwei Mal. Valerie besucht Alfred zwei Mal am Tag. Diese Streberin. Ich dachte, sie hat so viel zu tun. Muss ich ihm jetzt sagen, dass er seine Hausaufgaben machen muss? Wer bin ich, ihm das vorzuschreiben? Dass er Vorzugsschüler ist, erwähnen Alfred und Valerie gerne mit diesem erleichterten Seufzen, als wären seine Noten eine Art Lottogewinn und nicht der Verdienst des ununterbrochenen Hinterherseins. Elias muss gar nichts, außer lernen. Für Haupt- und Nebenfächer gleichermaßen. Elias lernt Französisch mit dem Native Speaker aus dem Diplomatenviertel, Mathematik mit dem Mathematiknachhilfelehrer, Klavier mit der Klavierlehrerin, er lernt Geografie mit Mama und Geschichte mit Papa. Elias lernt nicht, was passiert, wenn niemand mit ihm lernt, wenn sich niemand um sein Lernen schert. Elias hat das Recht auf eine Bruchlandung, und zwar jetzt, zum besten Zeitpunkt, zum Einstand der Pubertät. Doch Bruchlandungen sind nicht vorgesehen in Elias' Lehrplan. Dabei wäre es so wichtig, ein ausgewogenes Verhältnis von Erfolg und Misserfolg in der Schule zu erfahren, genauso wichtig wie die Enttäuschung nach einem verlorenen Spiel, die sich mit der Freude über ein gewonnenes Spiel abwechseln darf. Aber das Gewinnen und Verlieren darf nur auf dem Spielfeld ausgetragen werden, niemals im wahren Leben. Gewinnen ist Pflicht bei den Systemgewinnern, bei denen muss überall sichtbar sein, dass sie Elitekinder sind, zu Eliteerwachsenen herangezogen werden, die dann wieder Elitekinder bekommen, und dass sich daran nie etwas ändern darf. So ein Elitekind traut sich gar nicht richtig zu pubertieren, das war schon in meiner Klasse so. Wir hatten hauptsächlich Durchschnittskinder und nur eine Handvoll Elitekinder, einen Orthopädensohn und eine der beiden Barbaras zum Beispiel. Sie alle zeigten viel auf, auch wenn sie wenig oder nichts wussten, ihre Hände gingen nach oben, als würden sie von einem gähnenden Marionettenspieler gesteuert, der immer dieselbe Bewegung ausführt, um nicht einzuschlafen. Unsere Schule war langweilig, ein grauer Apparat mit abgewrackten Lehrern, geistlosen Schülern, allesamt so betäubt von Stumpfsinn, dass sie sich sogar der Verweigerung verweigerten. Soll ich Elias fragen, ob das immer noch so ist? Bist du ein Streber, Elias?, könnte ich das Gespräch einleiten.

Der Orthopädensohn zeigte immer schon auf, betete sein Wissen herunter und stellte scheinbar kritische Fragen im Geschichtsunterricht, aber in Wirklichkeit reihte er nur all die schönen Fremdwörter aneinander, die er von Papi kannte. Das macht er immer noch, jetzt als Erwachsener mit seiner beginnenden Glatze, er reiht Wörter aneinander, und er zeigt zwar nicht mit seinen Händen auf, aber mit seinen Leistungen: seinen zwei Kindern und seiner nicht zu erfolgreichen Frau, und wir erfahren, dass er in allen konservativen Gremien und Plenarsälen sitzt, die sich zum Sesselfurzen anbieten. Auf der zehnjährigen Maturafeier zeigte sich, wie weit man kommt, wenn man immer brav aufzeigt und sich im richtigen Moment duckt. In den bürgerlich dominierten Gemeinderat mindestens. In den Rotary Club. Auf die Gästeliste vom Ganslessen auf Einladung des Bürgermeisters. Zum Orthopäden reichte es nicht, auch nicht zum Medizinstudium, aber er verkauft sehr erfolgreich Herzschrittmacher. Der Orthopädensohn wird zwar sein Leben lang unter dem Makel leiden, die generationenlange Ärztelinie seiner Familie durchbrochen zu haben, aber er macht seine akademischen Defizite durch hartnäckige Anbiederung und rückgratlose Parteitreue wett.

Wenn es bis zum achtzehnten Lebensjahr keine Rebellion gegeben hat, wird es auch danach nichts mehr. Die Karriere von morgen duldet heute keinen Widerspruch, erst wenn die Zeit reif ist, und das ist sehr spät im Berufsleben und auf keinen Fall während der Ausbildung, egal, wie lange die Ausbildung dauert. Meine stumme Revolte war jetzt auch nicht die große Leistung, ich habe zwar nicht im Gymnasium oder bei der Physiotherapieausbildung versagt, aber immerhin jetzt hole ich mein Versagen nach. Ich spürte den Blick des Orthopädensohns, eine milde Herablassung, aber ich könnte mich ja noch als potenzielles Muttertier rehabilitieren, das war in seinen Gedanken zu lesen.

Elias macht jetzt seine Aufgaben, sagt er. Soll ich meine Hilfe anbieten? Elias steht auf, geht in den Flur, nimmt seine Tasche und schleift sie in sein Zimmer. Ich horche. Kein Laut aus dem Zimmer. Den Tisch abräumen, abwaschen, das ist es, wofür ich jetzt gebraucht werde. Ich wasche das Geschirr ab, stehe ein bisschen am Fenster, werfe ein paar abgelaufene Nahrungsmittel weg, wische den Tisch ab.

Dann kommt er doch wieder, fragt mich verlegen, ob ich ihm etwas erklären könne, für eine Wiederholung in Bio. Ich nicke und trockne mir die Hände ab, eine ungewohnte Geste der Mütterlichkeit.

Die Vererbungslehre, Gregor Mendel, sagt er. Wir schlagen das Buch auf, ich erinnere mich sofort, ich habe damals ein Referat gehalten, Vater musste mir helfen, aber ich erinnere mich an den Triumph, als ich es endlich verstanden habe. Es fühlte sich an, als würde man das Leben bis in seine kleinste Ritze durchschauen. Ich versuche es ihm aufzuzeichnen und merke, dass ich mich doch nicht so gut erinnere, also schaue ich ins Buch, zeichne gelbe runde und grüne runzlige Erbsen, und dann bin ich wieder drin, wir kreuzen die erste Tochtergeneration, die zweite, und ich lasse euphorisch die einzige grüne eckige Erbse im Verhältnis 9:3:3:1 *herausmendeln*, wie habe ich dieses Wort geliebt! Voilà, rufe ich, das ist Genetik! Elias sieht mich an, nickt, alles klar, sagt er. Wirklich, frage ich entgeistert. Keine weitere Frage? Sollen wir es noch einmal wiederholen? Er schüttelt den Kopf, zögert und sagt: Doch, eine Frage. Warum heißt es Tochtergeneration und nicht Sohngeneration?

Ich unterdrücke meine Enttäuschung, suche nach einer Erklärung, aber er grinst breit, steht auf und sagt: Chillax, ich hab dich nur verarscht. Ob er wirklich alles verstanden hat, frage ich mich, ob Kinder so verstehen können, dass sie etwas davon haben, später? Aber dass Lernen auch ohne Verstehen geht, nur mit Hineinstopfen, das weiß ich aus eigener Erfahrung.

Ich mache diese Arbeit, die jetzt zu meiner geworden ist, bringe den Müll runter, leere den Briefkasten, sortiere die Werbung aus, lege Alfreds Post zurecht, um sie Valerie ins Krankenhaus mitzugeben. Dableiben, bis Valerie Elias holt. Bei Alfred bleiben, bis er gesund ist. Mark heute Abend über seinen Infektionsstatus informieren, um meinen Nachfolgerinnen eine Neuinfektion zu ersparen: Alles meine Arbeit.

Wie viel Zeit man hat, wenn man darauf wartet, dass ein Kind seine Aufgaben gemacht hat. Ich gieße ein paar Zimmerpflanzen und begreife, dass *da sein* in erster Linie eine Dienstleistung ist, in die sich spontan viele andere Dienstleistungen hineinpacken lassen. So viele, dass man sogar neue Betätigungsfelder suchen könnte, wenn die Dienstleistungen ausgehen. Man könnte die Wohnung dekorieren, sich karitativ engagieren, ein hängendes Kräutergärtchen auf dem französischen Balkon anlegen, die Fenster putzen. Den Kühlschrank auswischen. Oder man könnte den Badezimmerschrank inspizieren und neu organisieren. Ich wasche mir im Bad die Hände und öffne das Spiegelschränkchen. Links Alfreds Nassrasierer, Rasierschaum, sein Nasenhaarschneider, seine Zahnbürste und seine Zahncreme gegen Parodontitis. In der Mitte Elias' Reich: Duschgel, Pickelstift, Deo, Haargel, Bürste. Rechts der kleine Annika-Archipel, bestehend aus einer Pinzette, einem Labello, einer Gesichtscreme, einer Zahnbürste, einem Deo. Bevor ich damit beginnen kann, das Badezimmer zu putzen, kommt Elias aus seinem Zimmer, er sei mit allem fertig, und ob er jetzt Computer spielen dürfe. Ich nicke, beeile mich, meine Autorität zu schmälern, natürlich, sage ich in diesem kollegialen Tonfall und warte, bis er wieder in seinem Zimmer ist. Dann gehe ich noch einmal in Alfreds Schlafzimmer, um das Bett zu inspizieren. Es ist tadellos gemacht, faltenfrei, akribisch, wie im Hotel. Valerie traue ich so viel Pedanterie zu. Ich rieche an meiner Betthälfte, sie riecht nach gar nichts, auch Alfreds Bettzeug riecht überhaupt nicht nach Alfred. Ich lehne mich an die Fensterbank, den Blick auf Alfreds Wäschekorb an der gegenüberliegenden Wand. Jetzt nur nicht Alfreds Schmutzwäsche inspizieren. Selbst wenn eine andere Frau. Selbst wenn Valerie. Selbst dann.

Als Valerie kommt, warten Elias und ich bereits auf der Straße, fertig bekleidet, damit sie keinen Parkplatz suchen muss. Sie bleibt mit laufendem Motor in zweiter Spur stehen und lässt das Fenster hinunter, ich beuge mich schwesterlich zu ihr, heute kein Wangenstreifen, nicht durch das Autofenster. Warme Luft und Valeries Shampooduft wehen mir entgegen. Alles erledigt, sage ich, Kind gefüttert, Hausaufgaben gemacht, Bio gelernt, und wundere mich über den um Anerkennung heischenden Ton in meiner Stimme. Valerie nickt, sie bedankt sich nicht, stattdessen fragt sie, ob die Hausaufgaben auch kontrolliert worden sind. Anerkennung abgelehnt. Ich stutze, sie winkt ab, machen wir schon, ruft sie, winkt affig, lässt das Fenster wieder hoch, und weg sind sie.

Ich beschließe, zu Fuß zu gehen, Siebensterngasse, Neubaugasse, Mariahilferstraße, ein einziges Blinken und Pulsieren. Mitte November und schon überall die Weihnachtsbeleuchtung, ich biege in den Gürtel ab, lasse mich vom Abendverkehr mitziehen, das Brausen, die Trostlosigkeit, die Abgase, ein Puff. Das tut gut nach der Fußgängerzone, nach der Begegnung mit der heiligen Valerie, die sich plötzlich zwischen mich und Alfred zu quetschen scheint, die wie eine Muttergottes an seinem Krankenhausbett wacht, die sich in Alfreds Doppelbett räkelt, nein, die auf ihm sitzt und ihn gekonnt angaloppiert wie eine Dressurreiterin, als Alfred den Vorderwandinfarkt bekommt. Diese Herzinfarktgefahr beim Sex ist grundsätzlich unbegründet, das habe ich natürlich schon gegoogelt und gelesen, mit einer Ausnahme: Fremdgehen und Puff. Fremdgehen und Puff heißt für Herzinfarktrisikopatienten vor allem bemühten, anstrengenden Sex mit jüngeren Frauen. Valerie sollte nicht in diese Kategorie fallen. Valerie als Rivalin ist eine Groteske, nein, eine Ranke, die sich schnell an Argumenten hochzieht, völlig neue Perspektiven entfaltet, und sie macht eine gar nicht so schlechte Figur. Eifersucht, das ist etwas Neues. Bis dato gab es Eifersucht auf Elias, natürlich, für ihn ist immer Zeit, auch wenn man sich die Zeit von Annika borgen muss und sie ihr im Krankheitsfall einfach abzwicken muss, ohne Annikas Einvernehmen einholen zu müssen. Eifersucht auf seine Affenliebe zu Vinzent, diese rührende Männerfreundschaft, die über die Jahrzehnte zu einer unerreichbar süßen Harmonie gereift ist. Eifersucht auf sein unendliches Interesse an Gesprächen mit Kollegen wie dem Literaturkritiker. Und jetzt also Eifersucht auf diese Fürsorglichkeit, die plötzlich aus Valerie heraussickert, aus allen Poren, wie bei diesen Menschen, die neben einem in der Sauna Platz nehmen und sofort damit beginnen, pflichtgetreu am ganzen Körper auszurinnen, und man selbst ist bestenfalls vom Kondenswasser klebrig. Valerie, die Streberin, die Schwitzerstreberin. Und während ich immer schneller gehe, sehe ich genau, dass sich die Eifersucht dort breitmacht, wo der Abstand zwischen Alfred und mir in den letzten Tagen zu groß geworden ist, oder ist der Abstand immer schon so groß gewesen, dass ich ihn mir als Freiheit schöngeredet habe? Diese wunderbare Freiheit, die immer Hand in Hand daherkommt mit ihrer anhänglichen Schwester, der Einsamkeit.

Mir ist leichter, wenn ich keine Auslagen und keine Weihnachtsmänner sehen muss. Letztes Jahr haben wir unsere ersten Weihnachten gefeiert, getrennt, er mit Valerie und Elias, ich im *Namenlos*, der heilige Abend macht durstig und einsam, und das Trinkgeld sitzt locker an so einem Tag, man muss nur die richtigen Worte und Blicke finden. Auch für dieses Jahr habe ich mich freiwillig gemeldet. Mark und ich sind gemeinsam eingeteilt. Ich freue mich auf Mark. Ihn zu umarmen, ohne den Inhalt seines Badezimmerschranks zu kennen, ohne seinen Sohn abfüttern und dessen Hausaufgaben überwachen zu müssen, ich freue mich irgendwie auf unser medizinisches Gespräch heute, das zwar ein bisschen peinlich werden könnte, aber was sind Chlamydien schon gegen einen Herzkatheter und Stiefsöhne.

Mark hockt im Barbereich und schlichtet gerade Fruchtsäfte in die bodennahen Kühlschränke ein, als ich das *Namenlos* betrete. Er blickt über die Schulter, nickt mir kurz zu und schlichtet weiter, links der Orangensaft, in der Mitte der Apfelsaft, rechts Johannisbeere, alles hat eine Ordnung. Als Nächstes die Flaschenbiere. Corona, Zwickl, Dunkles. Während er arbeitet, eher beiläufig die Fragen, wie es mir geht, wie mein Wochenende war. Gut, sage ich und binde mir die Schürze um und mache mich ans Zitronenschneiden, wie wars in Sölden? Wir sind ein perfekt eingestimmtes Team. Wenn ich ihm seine Chlamydien sofort unter die Nase reibe, ist der ganze Abend verschissen, unsere geordneten Abläufe würden von hektischem Googeln und hastig geflüsterten Therapiedetails unterbrochen, Mark wird vielleicht seinen Schwanz inspizieren gehen, er wird Bestellungen vergessen und seine lockeren Späße werden das Nachsehen haben, und vielleicht wird er sich zum Telefonieren zurückziehen müssen. Vielleicht ist aber auch gar nichts, vielleicht zuckt er nur mit den Schultern. Warum bin ich deprimiert? Wenn ich mir von Mark nichts erwartet habe, kann ich doch nicht enttäuscht sein.

Ich fühle ihn hinter mir arbeiten, er steht dazwischen nicht auf, sondern bleibt in der Hocke und schiebt die Kisten ein bisschen weiter, von einer Kühlschranktür zur nächsten. Ich höre das rhythmische Klirren der Flaschen, er nimmt immer drei auf einmal aus den Kisten, so ein geübter Griff mit der Rechten, drei Flaschenhälse passen zwischen vier Finger, und dann reiht er sie schwungvoll in den Kühlschrank, und die Linke macht die Kühlschranktüren auf und zu; effizient wie ein Automat. So ähnlich ist es wohl mit den Frauen, das geht auch alles in einem Schwung, erst die Schwimmerin auf den Bierkisten, dann die Fechterin auf ihrem Ikea-Bett, dazwischen Annika in der Küche, und dann die Schwedin auf der Piste, die geübte Industrialisierung, plopp plopp, plopp, wie am Fließband sind wir an ihm vorbeigefahren und er hat einfach nur seinen Schwanz hineinstecken müssen. Alles freiwillig, wir haben alle mitgemacht, jede einzelne von uns hunderten von Frauen, die er so gekonnt und scheinbar liebevoll gevögelt hat. Und plötzlich werde ich wütend, dass ich einfach eingereiht werde, dass ich mich derart lieblos auf diesem Förderband präsentiert habe, und jetzt frägt er nicht einmal, wie es mir geht, sondern so floskelhaft desinteressiert, damit es nicht zu still ist. Und das, obwohl ich seine pathogene Schwanzflora in meinem Körper ausbrüten muss. Ich drehe mich um und sehe ihm von oben zu, das kleine Obstmesser in der Hand. Und plötzlich will ich ihn treten, ich will meinen Fuß auf seinem Rücken ansetzen, dort, wo der Wirbelfortsatz der Brustwirbelsäule hervorsteht, den Absatz hineinbohren und mein volles Gewicht dorthin verlagern, nicht um ihm wehzutun, sondern so, wie ein Großwildjäger für das Foto seinen Fuß auf die Beute stellt. Es einfach umdrehen, das Subjekt-Objekt-Verhältnis, das sich in meinem Kopf aufgebaut hat, das ja gar keines ist. Er würde sich zuerst verdutzt umdrehen und vielleicht sogar lachen, bevor er ins Schwanken kommen und mit den Armen herumrudern würde, und dann soll er umstürzen, und ich könnte mich auf ihn setzen, ihm das Knie auf die Brust drücken, ihm ein einziges Mal seinen charmanten Goldlockenkopf in den Dreck hinter der Bar drücken und ihm dabei ins Ohr zischen, was er für ein Dreckschwein ist, dass er gefälligst zum Urologen gehen und seine Bakterien loswerden soll, bevor er noch andere Frauen ansteckt. Und ob er nicht wissen will, ob ich schwanger bin oder nicht. Daraufhin könnte er mir wiederum vorhalten, warum ich selbst nicht auf die Idee gekommen bin, ein Kondom zu verwenden, und er hätte natürlich recht. Aus Marks Perspektive war unser Küchenfick eine einvernehmliche, gegenseitige Leistung, die uns nichts gekostet hat, von der wir nur profitiert haben, ein Tauschhandel, Lust nehmen, Lust geben, alles auf Augenhöhe, win-win.

Felix und ich hatten einmal einen postkoitalen Disput, der damit begann, dass Felix bedauerte, als heterosexueller Mann niemals in den Genuss des Geficktwerdens zu kommen. Ich protestierte, fragte, was denn das sei, was wir die letzten Monate miteinander getan hätten. Er belehrte mich: Eine Frau ist immer die Gefickte, eine Frau kann keinen Mann ficken, und ich sagte: Das ist doch nicht dein Ernst. Wir haben uns gestritten, weil ich es anmaßend fand, dass er immer noch dieser simplen anatomischen Raumordnung aufsaß. Ich habe versucht, es ihm zu zeigen, habe mich auf ihn gesetzt, ihn festgehalten und seinen Rumpf zwischen meine Knie eingezwickt, ich habe alles gegeben, seine Augen haben sich geweitet, und ich bekam vor Anstrengung fast keine Luft mehr, aber plötzlich hat er zu grinsen begonnen, mich mit einer gekonnten Dreh- und Stoßbewegung abgeworfen, auf den Rücken gedreht und gefragt: Na, wer fickt jetzt wen? Und da wusste ich, er hat recht, denn ich strampelte und konnte mich nicht befreien, und wir lachten beide, aber sein Lachen war ein siegreiches und meines ein unterwürfiges, das es nicht auf einen verlorenen Kampf hinauslaufen lassen wollte. Diese sexuelle Selbstbestimmung, diese scheinbare Freiheit, die ist wie ein Türmchen aus Bausteinen, die muss sich jede Frau selbst aufbauen, und zwar immer wieder, weil es gar nicht für ewig gedacht ist, die Selbstbestimmung ist und bleibt ein Spieltürmchen, und das muss einfach von jemandem kaputt gemacht werden, damit es wieder in das Kübelchen geräumt und ordentlich ins Eck gestellt werden kann.

Ich nehme mir vor, das Gespräch auf später zu verschieben, wenn es ruhiger ist, wenn die letzten Gäste müde geworden sind und in ihrem Dusel gar nicht mehr mitbekommen, ob und was die beiden Kellner hinter der Bar tun. Aber ich nehme mir vor, mir das Bild mit dem Jäger und seinem Fuß auf der Beute das nächste Mal zu vergegenwärtigen, bevor ich mich wieder auf so ein Liebesabenteuer einlasse, um sicher zu gehen, dass ich in der richtigen Position sein kann, wenn ich nur will, als Eroberin. Als die letzten Gäste, vier Erstsemestler, im Eck lärmend im Kreis diskutieren, fasse ich Mark zärtlich am Oberarm und sage ihm, dass ich ihm etwas Wichtiges mitzuteilen habe. Wir stehen einander gegenüber in der Küche, er ist verlegen, da ist so viel Angst in seinen Augen, ich bekomme richtig Lust, mich an dieser Angst zu weiden, mich in ihr zu wälzen. Er hat Angst, dass ich ihm meine Liebe gestehe und er sich meiner entledigen muss, oder ihn mit einer Schwangerschaft konfrontiere. Diese Angst ist ein Material, das in meinen Händen weich wird, Mark geschmeidig und glatt werden lässt, wie Wachs. Ich könnte diesen Moment jetzt lange hinauszögern. In meiner scheinbaren Opferposition liegt so viel Macht, und sie macht Spaß. Als ich ihm sage, dass er sich beruhigen soll, dass ich zwar nicht schwanger bin, aber einen Chlamydieninfekt habe, und zwar von ihm, zeigt er sich dermaßen reumütig, dass ich ganz rührselig werde. Er umarmt mich, schüttelt immer wieder den Kopf, als hätte er mich geschlagen, dann wird er nervös, fragt, was auf ihn zukomme, ob seine Fruchtbarkeit in Gefahr sei. Ich ertappe mich dabei, ihn trösten zu wollen, aber das geht eindeutig zu weit. Er entschuldigt sich, beginnt sofort, nach Ärzten zu googeln, und ich lasse ihn alleine und kassiere die letzten Gäste ab, schalte den Gläserspüler ein letztes Mal ein, beginne mit der Abrechnung. Als ich sie bitte, zu gehen, maulen sie kurz auf, aber da spüre ich schon Mark, der unterstützend hinter mir steht, und da geben die Sitzenbleiber ihren Widerstand auf. Mark trägt seine Jacke und hat meine fürsorglich über den Arm gelegt. Als wir den Gästen beim Anziehen und Gehen zusehen, spüre ich einen Frieden und eine Harmonie, als hätten wir gemeinsam eine Leistung vollbracht.

7

Alle sind sie gekommen, alle. So wie sie immer kommen, wenn der Landeskaiser zum *Fest für Literatur und Musik* mit Preisverleihung ruft, sagte Alfred spöttisch. Dann nimmt man seine junge Geliebte und setzt sich in den Shuttlebus, man geht den Gang entlang, grüßt einander, denn man kennt sich. Es ist ein bisschen wie bei einer Schulexkursion, zwar weniger aufgeregt, aber doch ein geschäftiges Kramen und Schnattern, eine spürbare Vorfreude auf einen Tag Gemeinsamkeit. Leute, die wissen, dass sie jetzt textsicher sind, themensicher, dass ihnen Medienpräsenz bevorsteht. Sie sind es gewohnt, erkannt zu werden, auf der Straße, im Theater, auf den kulturellen Pflichtveranstaltungen, aber hier und jetzt können sie das Gefühl unter ihresgleichen genießen. Alfred gehört dazu, und ich darf ihn begleiten. Wir arbeiten uns durch den Bus, nach hinten, die letzte Reihe ist schon besetzt von ein paar Musikrebellen, die zwar nie erwachsen werden dürfen, aber trotzdem ernster genommen werden müssen, seit Bob Dylan den Literaturnobelpreis verliehen bekommen hat. Diese Entscheidung hat einen tiefen Riss im Intellektuellenkollektiv aufgetan und uns durch die ersten Wochen nach Alfreds Infarkt begleitet, durch die drei Reha-Wochen, die Dylan-Debatte war ein Hintergrundgedudel zu dem so untypischen Leben, das wir gerade führten: Alfred, der sich an den Flanken der Hohen Wand zwischen Nordic Walking und Hometrainer-Einheiten über Dylans Ernennung empörte, ich, die ich mich in Wien zwischen Nudelkochen, Hausaufgaben kontrollieren, Uni und *Namenlos* darüber wunderte, warum Dylan den Preis nicht einfach ablehnte, oder das Geld spendete, wenn es so schwierig anzunehmen war. Und dazwischen trafen wir aufeinander, zweimal habe ich ihn dort besucht, diesen Alfred im dunkelblauen Trainingsanzug, der mir selbst gebackene fettarme Cupcakes präsentierte. Er war mir so fremd und ich deshalb so froh, schnell über Dylan sprechen zu können. So aus der Zeit gefallen, dass er von einem Lastwagenfahrer jonglieren gelernt hatte. Während er mir im Aufenthaltsraum seine neue Kunstfertigkeit zeigte, war ich abgelenkt von dem Mann, der mit unendlicher Langsamkeit an der Seite seiner Therapeutin seinen Rollator an der Fensterfront des Hauses vorbeischob und der, wie Alfred ungefragt erklärte, neununddreißig Jahre alt war.

Die vordersten Reihen sind besetzt von den hysterischen Intellektuellen mit den nervösen Mägen. Seit ich mit Alfred, meinem ersten Prominenten, zusammen bin, habe ich das Gefühl, seine Freunde und Kollegen leiden alle unter einer Prominenz-Paranoia. Sie wissen gar nicht, von wie vielen Menschen sie nicht erkannt werden. Wir setzen uns auf zwei Plätze in der Mitte des Busses, vor uns ein Kolumnist, hinter uns ein bekannter Schriftsteller, beide in Begleitung deutlich jüngerer Frauen, und dahinter Eleonore und Vinzent, die mir befangen zulächeln. Was wissen sie? Wäre ich mitgefahren, wenn es den Infarkt nicht gegeben hätte? Ich kann mich nicht mehr erinnern, wie es vor dem Infarkt war. Alfred will auch gar nicht mehr darüber reden, weil, wie er meint, alles gesagt ist: Medikamente nehmen, ausgewogene Ernährung, keine Zigaretten, also gar keine mehr, und Bewegung, Bewegung, Bewegung. Ende der Diskussion, hat er gesagt. Als wäre sein Herz ein Ersatzteil, das vorschriftsgemäß gewartet wurde, und jetzt ist alles wieder gut. Als ginge ihn der Tod nichts an. Über Einschränkungen und Ängste sprechen, hieße, vom Kurs abzuweichen. Lass uns einfach weiterleben, wie vorher, lautet der Kurs. Als ob das so einfach wäre. Alfred vertraut seinen Ärzten, ich misstraue seinem Vertrauen. Und wenn du das nächste Mal stirbst, will ich fragen. Oder: Muss ich mir Sorgen machen, wenn dein Herz schneller schlägt und ich das spüre, wenn wir wieder miteinander schlafen, was bis jetzt nicht passiert ist?

Wie unser biologischer Altersunterschied plötzlich auseinandergeklafft ist. Alfred beugt sich über den Mittelgang, begrüßt eine ältere Frau, plaudert, lacht. *Einfach weiterleben* ist Alfreds Zauberformel, die er immer dann murmelt, bevor ihm die Konsequenzen seiner Erkrankung den Alltag und seine Sorglosigkeit vernebeln. *Schwierig weiterleben,* das gilt für uns, die wir von den Konsequenzen betroffen sind: Elias, der um seinen Vater bangt, oder Valerie, die um den Vater ihres Kindes bangt, oder ich, die »Einspringerin«, wie Theodora mich bezeichnet, fast hämisch, wohl, weil sie mir die Betreuungspflichten, oder besser gesagt: ihre Mühen, vergönnt. So ein Infarkt, sagte sie, ist nichts Besonderes, so was hat doch fast jeder.

Der Bus ist voll, wir setzen uns in Bewegung, schaukeln durch den nachmittäglichen Stadtverkehr, ich werde in Bussen immer müde, die letzten Tage waren anstrengend, Elias musste *Die Brück' am Tay* auswendig lernen, ich musste im *Namenlos* zweimal hintereinander für eine kranke Kollegin einspringen, Sonntag bis Donnerstag durchgehende Dienste, ich habe überhaupt keine Lust auf das *Fest für Literatur und Musik*, auf dunkle Kellergewölbe voll schlechter Luft, auf anspruchsvolle Musik dazwischen, auf Gespräche an Stehtischen. Inzwischen absolviere ich meine Elias-Dienste souveräner, ich kann viele seiner Aufgaben kontrollieren, Mathematik, Französisch, ich werde besser, aber es dauert immer ein wenig, bis ich drin bin. Ich weiß auch nicht, was er auf seinem Laptop in seinem Zimmer treibt, aus dem Schussgeräusche kommen, Schreie und immer wieder Elias' überdrehte Live-Kommentare an seine Mitspieler. Ich schließe die Augen, Valeries Blick beim Abholen, auch zunehmend erschöpft. Das Schaukeln wiegt mich in den Schlaf, ich träume davon, in einer Schulklasse zu sitzen und nicht einschlafen zu dürfen, von bunten Paradiesvögeln und Kuhgittern, über die ich balanciere, ich stürze, falle, schrecke hoch. Wir sind schon auf der Autobahn und der Platz neben mir ist leer. Alfred sitzt ein paar Reihen hinter mir, schon fast bei den Musikrebellen, die, wie mir jetzt einfällt, Poprebellen heißen.

Vinzent und Alfred haben sich über sie lustig gemacht, über den Namen, denn die meisten Männer, die als Poprebellen bezeichnet wurden, sind doch längst schon gestorben oder tun es bald. Diese Bubis, sagte Vinzent verächtlich, haben noch den Milchschorf auf den Köpfen und dürfen hier schon Hof halten, weil man ihnen den Amadeus Award nachgeschmissen hat.

Alfred sitzt neben einer jungen Frau, die blass und krank aussieht, eine Musikerin, eine Poetin, oder beides? Sie reden leise und intensiv, aber Alfred spürt meinen Blick, er winkt mir kurz zu, ich verstehe, es ist etwas Dienstliches und er ist gleich wieder bei mir. Da fährt der Bus schon von der Autobahn ab, über die Donau, durch Weingärten, und hält schließlich auf dem großen Parkplatz vor einem Schloss, das verschwenderisch beleuchtet ist. Drei Fahnen: das Bundesland, das Schloss, der Kulturverein. Der Landeskaiser hält heute wieder Hof und alle werden kommen, um sich zu Tode umarmen zu lassen, sagte Alfred. Wien ist zwar die Kulturmetropole mit dem Sautrog voller Stipendien, aber für die Liebe und das Schulterklopfen, dafür kommen sie alle nach Niederösterreich angedackelt, meinte Vinzent. Bevor ich Alfred kannte, dachte ich, Kunst ist Kunst und Politik ist Politik, aber die vielen Abende mit Vinzent und Alfred haben mich desillusioniert.

Das Land spendet den Preis für den großen Künstler, der Kulturverein, der gewiss großzügig vom Land gesponsert wird, den Preis für den Nachwuchskünstler, so viel weiß ich schon, und das Schloss spendet sich selbst als Rahmen für einen Kulturbetrieb, der sich gar nicht genug selbst feiern kann. Drinnen Stehtische mit weißem Leinen, junge Frauen mit eng sitzenden Blusen und blauen Schürzen kredenzen Sekt und Wein, man kann nicht früh genug mit dem Saufen beginnen, ich greife zu, alle tun das, nur Alfred bleibt bei Mineralwasser. Wir stehen beisammen, Vinzent und Eleonore haben sich dazugesellt, er blättert im Programm und seufzt: Wenn ich mir das so ansehe, wird das heute ziemlich hart, sagt er und liest vor: Einführende Worte, Musik, Rede des

Vorjahrespreisträgers, Musik, Jurybegründung, die Preisverleihungen, Musik, Lesung der Preisträger, Dankesworte. Er freue sich schon auf das Büffet, wenn das Gequatsche vorbei ist, wenn es wieder um Kunst geht, lacht er und klatscht sich auf den Bauch, und nicht um Arschkriecherei. Alfred nickt, er wirkt rastlos, sieht umher, drängt zum Saal, wegen des Platzes. Dabei sitzen wir ohnehin vorne in der *Reserviert*-Reihe. Der Saal ist ein Prunksaal, ich lege den Kopf in den Nacken, feiste Engelchen räkeln sich zwischen komischen Wappen vor kitschiger Wolkenstimmung und leeren aus Füllhörnern Obst und Blumen über unsere Köpfe aus. Jetzt kommen die letzten und setzen sich, es wird dunkel, die prominente Moderatorin betritt die Bühne.

Und *wer* alles begrüßt wird. Alle Landesräte, alle politischen Würdenträger, ein Bundesheermajor, sogar der Kirchenmensch, der in Talar und mit Holzkreuzchen um den Hals gekommen ist, er erhebt und verbeugt sich extra. Die Musik hat etwas Anklagendes, natürlich auf Französisch, eine grauhaarige Frau singt mit flatternden Lidern, ein Mann leidet auf dem Akkordeon dazu, ich verstehe ein paar Wörter, offenbar geht es um eine schwierige Liebe. Die Musik lullt mich ein, mir fallen schon wieder die Augen zu, ich lehne mich an Alfreds Schulter, er legt den Arm fürsorglich um mich. Als die Poprebellen auf der Bühne stehen, wache ich wieder auf, der Pilzkopf raunzt ins Mikrofon, singt im Dialekt, er hat ein asymmetrisches Gesicht und eine dicke Unterlippe. Alfreds Fuß wippt mit.

Jetzt kommen die Preise. Endlos und metaphernreich ergießt sich die Jurybegründung über den Preisträger, der regungslos in der ersten Reihe sitzt. Schlafwandlerische Souveränität der Sprache, höre ich. Ich beuge mich zu Alfred, frage ihn, was eine schlafwandlerische Souveränität der Sprache sei. Er schüttelt ärgerlich den Kopf, ärgert er sich über mich? Der Hauptpreisträger betritt unter Applaus die Bühne, mit steifen Gelenken, er sieht müde aus, alt, des ganzen Prozederes überdrüssig, es gibt Händeschütteln, eine Urkunde, und jetzt kommt auch schon der Nachwuchspreis, es ist die junge Frau, die Vinzent für das Stipendium nominiert hat, auch sie sieht mitgenommen aus, Schlafzimmerblick, ganz in Schwarz, kurzgebissene Haare, unterernährt, Schnürstiefel, die Jurybegründung: Die unaufdringliche Präzision, mit der sie Welten zeichnet. Ich will mich zu Alfred beugen, aber er kommt mir zuvor, grinst und schlägt mir zärtlich mahnend auf die Finger, bevor ich ihn fragen kann, was mit diesen Leuten, die Jurybegründungen schreiben, nicht stimmt.

Es folgen die Lesungen der Preisträger, sagt die Moderatorin feierlich. Zuerst die Nachwuchspreisträgerin, die uns mit verstopfter Nase und gebrochener Stimme am Leid einer Langzeitarbeitslosen teilhaben lässt, und danach der Hauptpreisträger, ein Zittern in seiner Stimme, als er aus seinem Text über einen Weinhauer liest, der in seinem Keller an den Gärgasen seines eigenen Veltliners erstickt. Im Saal macht sich Schweinsbratengeruch breit. Jetzt noch die Abschlussnummer von den Poprebellen, die sich weit aus dem Fenster lehnen, so viel Dramatik für ein so steif dasitzendes und hungriges Publikum. Hemdsärmelige Coolness, pathetische Gesten, der Pilzkopf krümmt sich und krächzt heiser ins Mikrofon, ich verstehe genauso wenig wie bei den französischen Klageliedern, nur: *der Tod is a laues Lüfterl.* Ob das mit dem Veranstalter abgestimmt war? Der Schweinsbratengeruch ist jetzt übermächtig, ordinär, er ist der eigentliche Star des Abends, denke ich, eigentlich gehört der Schweinsbraten als finaler Programmpunkt fettgedruckt ins Programmheft. Die Poprebellen geben aber nicht auf, sie singen gegen den Geruch an, für diese Art Musik müsste es viel später sein, man müsste den Text verstehen, ihn auswendig kennen, mitgrölen, aufstehen, alles am besten betrunken und vor einem jungen Publikum in einem verrauchten Keller. Ein schräger Schlussakkord. Der donnernde Applaus gilt auch der Erleichterung, dass es zu Ende ist.

Wieder die Stehtischchen, die Kellnerinnen, in einem Nebenraum wurde das Büffet aufgetragen, es riecht nach der Brennpaste, die unter den Rechauds aufgestellt worden ist, ein Geruch nach Hochzeiten, nach Weihnachtsfondue, nach prunkvollen Empfängen. Wäre der Bratengeruch nicht, es könnte feierliche Stimmung aufkommen. Nein, der Landeshauptmann lässt sich nicht lumpen, höre ich hinter mir. Eine grelle Lichtblase wandelt von der anderen Seite des Saals langsam auf uns zu, das sind die Kameras des Regionalsenders, die dem Landeshauptmann immer auf den Fersen sind, das grelle Licht der Beleuchter umgibt ihn wie ein Halo. Der Preisträger und die Nachwuchspreisträgerin stehen gemeinsam an einem Tisch, ins Licht getaucht, sie werden gefilmt und fotografiert und halten die immerselben, im starken Licht käsig wirkenden Gesichter in die Objektive. Da nähert sich eine nicht mehr ganz junge Frau mit einem Kleinkind auf dem Arm, sie drückt dem Hauptpreisträger das Kind an die Brust und verschwindet, ich begreife, dass der Preisträger der Vater ist, das Licht wandert auf die Vater-Kind-Figur, er hält das Kind routiniert, eine Sensation. Das Kind wird von den Herumstehenden mit gurrenden Lauten angesprochen, die es mit stoischem Gesichtsausdruck quittiert, bis endlich die Mutter vom Klo zurück ist und das Kind wieder vom Preisträger pflückt.

Alfred ist schnell beim Büffet, er habe den ganzen Tag nichts gegessen, ich bleibe stehen und beobachte die Frau mit dem Kind. Die Frau und der Preisträger sind mir und Alfred gute zehn Jahre voraus, der große Altersabstand, das kleine Kind, ich kann mich gar nicht sattsehen. Sie versucht, das Kind auf den Boden abzusetzen, aber es streckt ihr grimmig die Ärmchen entgegen, also seufzt sie, montiert das Kind an ihrer Taille und läuft ein bisschen hin und her und wechselt ein paar Worte mit einem der Gäste. Dann dreht sie sich abrupt um, geht zur Garderobe, stopft das Kind in seine Jacke, setzt es auf den Garderobentisch, zieht sich langsam ihren Mantel an, nimmt das Kind hoch und verlässt das Schloss. Der Preisträger bleibt stehen, denn das ist es, was Preisträger müssen, stehen bleiben und lächeln und originelle Weisheiten absondern, wenn eine Kamera in der Nähe ist.

Ich gehe aufs Klo und wasche mir das Gesicht, in einem Film

würde ich meinem Spiegelbild zumurmeln: Was suchst du hier? Geh nach Hause. Aber ich kann nicht nach Hause gehen, weil ich auf den Shuttlebus warten muss und weil ich nicht weiß, wann der erste Shuttlebus überhaupt zurückfährt. Eine Frau kommt herein, ich fahre eine Extrarunde mit dem schwarzen Kajal um die roten Augen und gehe wieder nach draußen, mache mich auf den Weg zu unserem Tisch. Jetzt sage ich schon *unser Tisch*, da verlässt mich die Lust auf alles, erst recht, als ich sehe, dass sich Vinzent und Eleonore und der dicke Literaturkritiker dazugesellt haben, Alfred hat ein winziges Tellerchen mit blassem Gemüse vor sich stehen und sieht zufrieden aus, jetzt geht die ganze Leier wieder von vorne los, die ganze traurige Ballade von der voreiligen Kunstförderung, und ich will auch nicht hören, dass es gar nichts ausmache, dass Elias' Noten schlechter geworden sind, dass es aber natürlich besorgniserregend sei, wegen des Herzinfarkts, und ob er sich schon nach einem Therapeuten umgesehen habe, da zupft mich jemand am Arm. Eine junge Frau in Jeans, die ich bei einem anderen Alfred-Event kennengelernt habe? Nein, es ist ein Gast aus dem *Namenlos*, eine Studentin, die Briebrotfrau, sie ist mit der Nachwuchspreisträgerin verwandt, erfahre ich. An ihrem Tisch steht auch der Pilzkopf, sie waren gerade rauchen, ich rieche es.

Was sagt man in so einer Situation? Schön habt ihr gespielt? Super, dass ihr den Amadeus Award gewonnen habt? Ich habe keine Ahnung und nehme mir ein Glas Wein vom Tablett der Kellnerin, die gerade vorbeigeht, öffne den Mund und sage mehr zu mir als zu jemand anderem. *Der Tod is a laues Lüfterl.* Alle prosten mir zu.

Wer bist du, fragt der Pilzkopf.

Annika.

Das klingt nach Ostdeutschland.

Nein, meine Mutter konnte Pippi Langstrumpf nicht leiden, sie fand Annika vernünftiger. Es wird gelacht. An dieser Stelle wird immer gelacht, manchmal sage ich auch, dass sich meine

Eltern nicht zwischen Anna und Monika entscheiden konnten, was die Wahrheit ist, aber langweilig. Und du, Pilzkopf, frage ich zurück. Die anderen sehen mich befremdlich an, ich habe einen Fehler gemacht, man sollte wissen, wie der Pilzkopf heißt.

Rouven, sagt er, und ich murmle mitfühlend: Das ist erst ein scheiß Name. Er nickt ernst. Die anderen gehen schon wieder rauchen, ich würde gerne mitgehen, aber ich rauche nicht und bin eigentlich auch zu faul, und Rouven bleibt überraschenderweise bei mir. Er lächelt schief, das macht sein rechtes Auge kleiner als das linke, in diese Asymmetrie kann man hineinkriechen, seine Augen sind so dunkel, dass man die Pupillen nicht von der Iris unterscheiden kann, wie die Augen eines nachtaktiven Tiers.

Rouven hält dem Blick stand und greift in seine Jackentasche. Geh mit mir auf Reisen, trauriges Mädchen, sagt er und hält die Hand auf, drei kleine, bunte Blättchen in einem Plastikumschlag, eins für dich, sagt er, zwei für mich. Wann, wenn nicht jetzt, denke ich, und dass man einmal im Leben LSD probiert haben sollte. Wie nervös darf man sein, frage ich, und er sagt nur: Ich pass auf dich auf, glaub mir, es ist halb so wild. Ich drehe mich zu Alfred um und sehe, dass ich ihm nicht abgegangen bin, und als ich sehe, wie konzentriert er in ein Gespräch mit dem Literaturkritiker, das schon wieder so dienstlich aussieht, verwickelt ist, weiß ich plötzlich, dass es der richtige Tag und der richtige Moment ist und strecke ergeben die Zunge raus. Rouven legt mir das kleine Blättchen auf die Zunge wie eine Hostie und sich selbst zwei. Die anderen kommen zurück, es wird über nichts gesprochen und doch geredet, ich fühle, wie sich mein Kopf leert und sich das Schwere von meiner Stimmung erhebt.

Das erste, was ich spüre, ist das Kribbeln im Bauch, dann bekommt der Raum Kurven, als würde er einatmen und die Luft anhalten. Die Luster an der Decke funkeln viel intensiver, es sind Feuerwerke im Glas, und ich merke, ich habe das laut gesagt. Komm, die Musik wird dir gefallen, sagt er und zieht mich hinter sich her. Jetzt erst höre ich die Musik aus dem Nebenraum, in dem nicht getanzt wird, denn auf solchen Veranstaltungen wird nie getanzt. Es sind drei Frauen, begleitet von einem stolpernden Drumcomputer, nichts passt zusammen und doch stimmt alles. Die Musik bekommt Tentakel, so wie Alfreds Hände, früher, denke ich, nur sind es viele Tentakel und sie sind firm und fordernd, als mich Rouven auf die Tanzfläche zieht, fange ich langsam an, meine Arme und Beine zu bewegen, es fühlt sich fremd an, weich wie Tintenfischextremitäten, aber es ist witzig und gar nicht peinlich. Jetzt wird mir das Skelett fast zu weich, aber Rouven und ich legen die Stirn aneinander, wir gehen eine sichere, viersäulige Verbindung ein, wir sind zusammengewachsen und ich spüre sein warmes Blut, wie es nur durch eine dünne Hautschicht von meinem getrennt ist. Ich rieche jedes Molekül seines Körpers einzeln, es ist eine Explosion, die wieder implodiert, kann eine Explosion pulsieren? Expulsion, flüstere ich kichernd in sein Ohr, und er nickt ernst, wir tanzen zu dem Rhythmus, der zwischen dem Takt liegt, zu den Melodien, die zwischen der Gitarre und dem Beat wabern, wo sich eine Schicht nach der anderen offenbart. Ich muss plötzlich in sein Ohr beißen, weil alles so geil ist, so geil und prall, wie eine Kirsche schmeckt sein Ohrläppchen, obwohl unter der Haut eine weitere wartet und dann noch eine, als würde man ganz langsam in eine Cremeschnitte aus knusprigem Blätterteig beißen. Rouven schreit leise, aber lachend auf. Das Lachen ist die ganze Zeit da, ich bin bis zum Rand mit Lachen gefüllt, beim kleinsten Reiz schwappt es über und bricht hervor, und als Alfred plötzlich vor mir steht, und mich fragt, ob wir gehen, wird sein Gesicht ganz lang, wie ein Pferdekopf, muss ich laut loslachen, obwohl ich leise reden will, denn das Alfred-Pferd hat lange gelbe Zähne und wiehert mir etwas ins Ohr, ich lache und lache, bis mir die Tränen kommen, in großen Wellen, in Tsunamis, gegen die nichts hilft, außer weglaufen, weglaufen, lauf, Alfred, rufe ich, lauf, und Alfred galoppiert davon, und Rouven fragt mich, ob ich mit dem alten Gaul schlafe, das ist zum Schreien komisch. Als die Farben verblassen, will ich das Gefühl nicht verlieren, ich bitte Rouven um noch ein Blättchen, aber er sagt: Es ist noch lange nicht vorbei, keine Angst, es geht noch weiter. Irgendwann fragt mich Rouven, wo meine Jacke sei, ich muss wieder lachen, ich habe keine Ahnung, wo sie ist, wo meine Tasche ist, wo Alfred ist, wo ich schlafen werde, also breitet er seinen großen schwarzen Mantel über uns beide und schiebt mich in ein Taxi, das uns durch die Nacht trägt. Ich weiß nicht, wie lange das Taxi fährt, es regnet und ich lasse das Fenster einen Spalt herunter, stecke die Hand in die Nacht hinaus und bewege die Finger, jeder Finger zieht eine goldfarbene Spur hinter sich her. Das Hotel ist ein violett glühender Glaskubus neben der Donau, der verschämt atmet, Rouven weiß seine Zimmernummer und bekommt seine Schlüsselkarte, das Licht ist grell, ich zwicke die Augen zusammen, dennoch sehe ich die Locken der Rezeptionistin über ihre Schultern schlängeln. Wollen wir noch zum Fluss gehen, fragt Rouven plötzlich, und wir lassen die verdutzte Rezeptionistin stehen und gehen wieder ins Freie, die Stufen zur Donau hinunter, die das schwarze Wasser mühselig durch ihr Bett wälzt, es sieht dickflüssig und tranig aus, wie Teer, denke ich. Wenn du LSD noch nie probiert hast, solltest du es unbedingt mit Sex versuchen, sagt Rouven. Wir sitzen nebeneinander unter seinem Mantel, ich spüre seine Wärme und sehe ihn an. Rouven im Bett, das bedeutet sicher Küssen mit Rauchgeschmack, ein nackter Oberkörper mit ein paar traurigen Haaren um die Brustwarzen und völlig fantasieloser, unangestrengter Sex. Das Lachen schwappt wieder nach oben. Nein, ehrlich, sagt er, das ist etwas, was du noch erleben solltest, bevor du wieder in dein trauriges Leben zurückkehrst.

Mein trauriges Leben, hallt es in meinem Kopf. Woher weiß er, dass mein Leben traurig ist? Er raucht, und ich sehe das Plattencover, ich erinnere mich, ein schwarzes Cover, irgendeine verschimmelte Wand mit abblätterndem Verputz, vor dem er mit diesem ewig verzogenen Mund fotografiert wurde. Der Mund ist in natura gar nicht schief, das Schiefe rührt daher, dass er auf den Bildern immer Rauch ausbläst, er raucht auf jedem Foto. Plötzlich sehe ich noch ein zweites Plattencover vor mir, eines, wo er mit einer Anfangzwanzigerin mit ganz kurzen Haaren vor einem frühlingshaften Wald posiert und nicht raucht, und da fällt mir wieder ein, dass er eine zweite Band mit dieser Frau hat, eine Band, die ganz anders ist als die Poprebellen, nicht so rotzig wienerisch, sondern ganz weinerlich wienerisch. Und mitten in meinem Rausch verstehe ich, es ist keine Band, sondern ein Band; unglaublich, wie scharfsinnig mich dieses LSD macht. Ich durchschaue alles, seine einseitige Liebe, ich kann sie sehen, wie sie sich seit Jahren durch ihn hindurch nagt. Er hat im Gegensatz zu mir ein wirklich trauriges Leben.

Aber wenn du nicht mit mir schläfst, sagt er plötzlich fröhlich, steht auf und rudert mit den Armen, dann gehe ich eben schwimmen, weil: mir ist so heiß. Ich nicke, das Wasser sieht gar nicht mehr aus wie Teer, sondern es ist ein lebendiges Wimmeln, ich spüre, dass ich jetzt schnell etwas tun muss, die Droge hat in meinem Gehirn nach enttäuschten Bildern zu fischen begonnen, und bevor sie etwas fängt und die Donau damit flutet, mit schwarzen Käfern oder Ratten oder Krabben, die da unter der Oberfläche Gestalt anzunehmen beginnen, springe ich auf und sage, lass uns gehen, du holst dir doch nur den Tod. *Der Tod is a laues Lüfterl,* singt Rouven leise und melodisch und erhebt sich gehorsam.

Die Rezeptionistin ist schlafen gegangen, alle schlafen, nur bei uns ist es noch lange nicht vorbei, ich lege mich auf das Bett und er greift zu einer Ukulele, die am Bettrahmen lehnt, setzt sich aufs Bett und stimmt sie mit geschlossenen Augen, dann lächelt er mich an und ich lege den Kopf auf seinen rechten Oberschenkel, damit wir beide, die Ukulele und ich, Platz haben. Mein Hinterkopf berührt den hölzernen Körper des Instruments, und Rouven singt leise in einer fremden Sprache, die ein Muster in Sandfarben hinter meinen geschlossenen Lidern hervorruft, Mandalas, die sich drehen, fast könnte einem schlecht werden, aber die Klänge der Ukulele massieren meine Kopfhaut, als würde dort eine Katze milchtreten. Eine Wonne. So spielt er mich in den Schlaf, der ganz zaghaft eintritt, als glitte mein Wachsein wie eine Kette, ein Geschmeide in meine Schatzkiste, es ist ein Schmuck, den man nur einmal im Leben trägt, den man aufhebt und vererbt, den sich die Töchter ansehen, wenn man stirbt, und die es dann schüttelt vor Grauen.

Als ich erwache, habe ich einen seifigen Geschmack im Mund und wundere mich darüber. Über Rouven, der angezogen neben mir liegt und die Decke im Schlaf so fest an sich zieht, wundere ich mich nicht. Sein Mund ist zu einer Babyschnute gequetscht, und sein Daumen steht so knapp und prominent vor den Lippen, dass man meinen könnte, er hätte soeben noch daran gelutscht. Warum wundert mich auch das nicht? Er sieht seltsam vertraut aus, wie ein Cousin oder Kollege, keine unangenehmen Assoziationen, eigentlich gar keine Assoziationen mehr nach diesem Rausch der Sinne, sondern rechtwinklige, klare Fakten in einer willkommenen Stille.

Ich bin froh, dass wir nicht miteinander geschlafen haben. Ich bewege mich leise aus dem Bett, draußen liegt eine verschneite Landschaft, die still dahingleitende Donau, die wieder dünnflüssig ist, all die hysterischen Farben und Schnörkel von gestern sind vom Grau und Weiß der Winterlandschaft verschluckt worden. Die Friedfertigkeit fällt plötzlich in sich zusammen, als mir Alfred einschießt. Die Erinnerung an das, was ich Alfred nachgerufen habe, als er mich gesucht hat, Stück für Stück kommt der Abend zurück, eine Blamage, für mich, für Alfred, der zum Trottel gemacht wurde, von seiner jungen Geliebten, die drei Wochen nach seinem Herzinfarkt mit einem jungen Szenemusiker im Drogenrausch auf der Tanzfläche herumtaumelt, die wie eine Verrückte ihrem Partner hinterherschreit, vor versammelter Kollegenschaft. Ich reibe mir die Augen. Wie viele Leute haben uns zugesehen, mir und Rouven? Wie laut habe ich hinter ihm hergeschrien, wie laut habe ich gelacht, ihn ausgelacht? Lauf, Alfred, lauf. Siedend heiße Reue. Wo ist meine Tasche, mein Mantel? Mein Geld, mein Handy, der Schlüssel?

Ich wasche mir im Bad das Gesicht, finde ein Vanity Set mit Zahnbürste und Minizahnpasta, das Gefühl, den Mund zu schrubben, tut gut, ich putze fest, putze den Zungengrund, bis ich würgen muss, zu fest, der Schaum rosa vor Blut. Ich würde gerne alles abschrubben, die Haut, die Haare, und weil ich immer noch nicht weiß, wie es jetzt weitergeht ohne Tasche, Telefon und Schlüssel, gehe ich in die Dusche, schließe die Augen, dusche heiß, es dampft. Ich werde mir von Rouven Geld borgen, mir ein Taxi zum Schloss rufen lassen und nachsehen, ob ich in die Garderobe komme, vielleicht wurden meine Sachen abgegeben. Da geht die Tür auf und durch den Dampf sehe ich Rouvens nackte Gestalt ins Bad eintreten, ich überlege keine Sekunde und halte den Griff der Glastür fest, er zieht von der anderen Seite, lass mich rein, singt er, lass mich rein, trauriges Mädchen, er zieht fest an der Glastür, ich halte dagegen, was schwierig ist, der Griff ist nass. Die Angst ist irrational und gleichzeitig fühlt sie sich wie ein Ur-Instinkt an, geh weg, sage ich, ich bin gleich fertig. Ich brauche auch nicht lang, kichert er, versprochen. Rouvens Gestalt bleibt reglos stehen, der Zug an der Tür ist unverändert. Was tut er da, er wartet, er lauert mir auf, geh weg, schreie ich, oder ich verbrühe dich mit der Dusche, aber da ist keine Handbrause, ich kann mich nur selbst verbrühen. Rouven spielt mit mir. Annika, oh Annika, säuselt er. Ich drehe das Wasser ab und versuche, ihn durch den Dunst anzusehen. Lass mich in Ruhe, ich komme gleich raus, sage ich, und das Blut pocht heftig in meinem Hals. Sein gesichtsloser Umriss ist schmächtig, aber er ist größer als ich, größer, als mir gestern aufgefallen ist, wuchtiger. Der Dunst klärt auf, jetzt ist sein Gesicht keine konturlose Scheibe mehr, das beruhigt mich irgendwie, er sieht verwirrt aus, hat sogar ein kleines Bäuchlein, was man sich bei den Pressefotos gar nicht vorstellen kann, und jetzt reißt er die Tür mit einem Mal auf, taumelt in die

Kabine und grunzt wie ein Zombie. Gestern hätte ich darüber gelacht, vielleicht ist er immer noch drauf, am besten, ich spiele mit, also quietsche ich und lache dabei, mein Lachen klingt falsch und meckernd in der Glaskabine. Er lacht auch, tritt in die Kabine und umarmt mich, ganz plötzlich ohne Lachen, sein Körper ist teigig und kühl, er drückt sich an mich und zittert, es ist eine verzweifelte Umklammerung, die mir Angst einflößt, es ist weniger die Angst, dass er mir etwas antut, sondern ein Verdacht, dass ich mich nie mehr von ihm lösen kann, dass er immer fester zudrückt, je mehr ich mich wehre. Also klammere ich zurück, zehn Sekunden, zwanzig Sekunden, bis ich spüre, es funktioniert, seine Arme werden schlaffer, ich entferne sie, es geht schwer, als wären Saugnäpfe daran, ich presse ihn weg von mir, voller Ekel, die Assoziation mit einer glitschigen, rosigen Riesenkrake kommt scheinbar aus dem Nichts. Rouven lässt ab, sinkt in der Kabine in sich zusammen, es ist wie in einem französischen Experimentalfilm, nein, ein Stummfilm, Schwarz-Weiß, unerträglich pathetisch sitzt er da auf dem schwarzen Steinfliesenboden, der Kopf hängt, als wäre er wieder eingeschlafen. Ich denke nicht lange nach, reibe mich schnell trocken, ziehe meine Sachen an und verlasse das Hotelzimmer, über das Stiegenhaus und die Garage laufe ich ins Freie und unterdrücke den Impuls, laut um Hilfe zu schreien.

8

Der Bildschirm weiß, vielleicht sollte ich ein leeres Mail an Alfred senden. Der Fernseher lief seit der Nacht durch, aber irgendwann in der Früh habe ich ihn abgeschaltet, weil ich die immerselben Bilder von Einsatzfahrzeugen und Verletzten nicht ausgehalten habe, die sich mit jeder Wiederholung tiefer in meinen Kopf eingeprägt haben. Am Morgen dann neue Bilder, man sieht schwarze Rauchzungen auf der Fassade über den zerbrochenen Fenstern.

Ein leeres Mail ist wie ein Innehalten, ein Luftschnappen, eine erstarrte Geste. Ich bin ruhig, die Stadt ist es, als wäre es ein ganz normaler Weihnachtstag. Aber es ist keine angenehme, verdiente Ruhe, eher eine Erstarrung.

Der Dienst im *Namenlos* begann wie letztes Jahr, mit den vielen Gästen, die mit ihren Blähbäuchen die Gänge verstellen. Mark war launig und sehr höflich, er ist auch therapiert, in stillen Momenten flüstern wir über Abstrichtechniken und Chlamydien-Spätfolgen. Die Chlamydien sind unser kleines kuscheliges Geheimnis, das uns näher zusammengebracht hat als alle betatschten Narben zusammen. Die Gäste haben schon zu viel getrunken, bevor sie das Lokal gestürmt haben, mit ihren Rotwein- und Sektbäckchen, so aufgeheizt von der Familienidylle, die nicht rund laufen wollte, manche sichtlich blass und einsam und froh, dass der heilige Abend fast vorbei ist. Einer wurde an der Bar weinerlich, mehrere aggressiv und laut. Während ich Bier zapfte, Spritzer mixte, Sekt nachkühlte, ekelte mir vor den Getränken, vor den Menschen, am liebsten wäre ich nach Hause gegangen. Doch das Weihnachtsgeschäft kann ich mir nicht entgehen lassen, Bauchweh hin oder her, an keinem Tag schütten die Gäste so unkontrolliert in sich hinein wie am heiligen Abend.

Ich war auch so, in Vöcklabruck, damals, ich ertrug Weihnachten nicht und stahl mich so schnell wie möglich davon in den *Dorfbrunnen*, der auch am heiligen Abend um 22:00 Uhr öffnete, ich trank, ich schüttete Bier in mich hinein und heulte, ich lachte hysterisch oder klagte irgendjemandem mein Leid, das keines war, sondern Familie heißt, das weiß ich jetzt. Und heute, dachte ich, als ich mich durch die Menge quetschte und Sektgläser einsammelte, die dringend in den Spüler mussten, verdiene ich Geld mit diesem selben Gefühl, das nun andere haben.

Bis die Übelkeit kam und mit ihr die Panik, ausgerechnet als ich mit dem Gläsertablett zwischen einer besonders hartnäckig den Gang verstopfenden laut im Kreis lachenden Gruppe und Statler stecken geblieben war, eine Übelkeit, die in großen Wellen aus dem Bauch aufstieg, der Schwindel, das Gefühl, der Raum würde die Luft anhalten. Ich dachte sofort an das LSD, an die Flashbacks, von denen man hört, stieß die Leute zur Seite, stellte das Tablett ab und schaffte es gerade noch aufs Klo, der Magen pumpte alles nach oben, bis nichts mehr da war und ich so schwach, dass es mir egal war, ob vor der Tür Gäste warteten oder nicht, aber es war mir nur kurz egal, denn der Durchfall kam gleich danach und mit ihm das nächste Erbrechen, dieses Mal auf den Boden vor mir. Wer soll das putzen, dachte ich, jemand muss das wegmachen, ich, und ich muss auch wieder zurück, hinter die Bar, trotz Schüttelfrost, wie soll das gehen? Ein lächerlicher Gedanke. Ich wischte mit Klopapier auf dem Boden herum, warf es ins Klo und kotzte hinterher. Irgendjemand musste Mark geholt haben, dem ich dann die Tür öffnete, der die Luft anhielt, das Fenster aufriss, mir halbherzig über den Kopf strich, den Boden dilettantisch aufwusch und mir ein Taxi rief. Ich war viel zu schwach, um mich zu schämen, ließ mich in den Mantel wickeln und ins Taxi setzen. Marks Gesicht wuchs zu mir auf die Rückbank hinein, er drückte mir noch einen Plastiksack in die Hand. Ich schaff das schon, die Fechterin ist da, die kann mir helfen, sagte er mit breitem Grinsen.

Der Taxifahrer, ein Schwarzer mit unbeteiligtem Blick, konnte mit der Plastiksacklösung leben. Das Auto war ungepflegt, offensichtlich war ihm sein Wagen egal, wofür ich unendlich dankbar war. Die Fahrt war wie auf einer Fähre, der Taxifahrer blieb auf meinen Wunsch zweimal stehen, damit ich auf die Straße kotzen konnte, und das zweite Mal war ich dann zu schwach, dagegenzuhalten, und ich wickelte den Mantel fest um meine angeschissene Hose. Der Hinterkopf des Fahrers blieb starr, auch als ich leise weinte.

Zu Hause saß ich noch lange mit dem Kübel vor mir auf dem Klo, bevor ich mich in die Dusche und dann ins Bett schleppte. Kurz danach wachte ich auf, weil das Handy ununterbrochen vibrierte. Zehn entgangene Anrufe. Von Mutter, von der Klette, von Theodora. Alfred. WhatsApp und SMS, geht es dir gut, warum antwortest du nicht??? Facebook hatte mich um Mitternacht gefragt, ob ich mich als »in Sicherheit« markieren wolle. Ich klickte mich verschlafen durch die Timeline, da waren Bilder eines Anschlags, unscharf, in Wien, irgendwo. Deswegen so eine Hysterie? Weckte Facebook jetzt ganz Wien auf? Ich tippte schnell in mein Telefon, kopierte immer dieselbe Nachricht und verschickte sie an alle: Ja, alles gut.

Dann erst schaltete ich den Fernseher ein. Bis jetzt zwei Tote und dreiundzwanzig Verletzte, es wurden Brandbomben durch die kleinen Fenster des Kellerlokals geworfen, der Vordereingang wurde mit einem Lieferwagen blockiert, jemand hatte den Hinterausgang verbarrikadiert, bis die Feuerwehr kam, war es für manche zu spät. Das musste in Wien sein, das musste etwas mit mir zu tun haben. Bilder von Einsatzfahrzeugen, Menschen in Decken, auf Tragen, unter Tüchern, eine junge Frau, die den Kopf schüttelt, wieder und wieder das Bild der Frau, jetzt erst erkannte ich das *Namenlos*, das Eingangsschild war von dem Kastenwagen verdeckt und die Einsatzfahrzeuge und der Rauch haben die Proportionen verschoben. Mark, der nicht erreichbar war. Mark, der nicht auf die SMS antwortet. Noch immer hatte sich niemand bekannt, aber man kann sich schon vorstellen, wer auf die Idee kommt, Ein- und Ausgänge zu blockieren, wer so bestialisch ist, wem ein Nachtlokal nicht passt und auch das Datum, der 24. Dezember, und der Reporter, dem der Wind live die Haare aus dem verschlafenen Gesicht blies, sagte: Es verdichten sich die Hinweise, dass der islamistische Terrorismus in Wien gelandet ist.

Ich kann das Bett nicht verlassen, ich fühle mich ausgewrungen, meine Beine sind schwach und teigig. Ich muss immer wieder auf den Fernseher starren, ich will keine Erleichterung verspüren, ich will mir das Gefühl, noch einmal davongekommen zu sein, nicht gönnen, aber es ist präsent. Man darf sich nicht anstecken lassen von den Sorgen der anderen, die sich immer wieder bei mir melden, die mir kurze Nachrichten schicken, wie froh sie sind, dass ich nicht da gewesen bin, und trotzdem habe ich den Verdacht, all das hat nichts mit mir zu tun. Die riesige Welle der kollektiven Sorge trägt mich, sie schaukelt mich immer wieder in den Schlaf, aber ich spüre auch: Es geht nicht nur um mich, sondern auch um die Welle, um das wohlige Gruseln.

Ich stehe auf, mache mir Tee, trinke ihn, ich zwinge mich, trotz der Schwäche, dort weiterzumachen, wo ich gestern Abend begonnen habe, bevor ich ins *Namenlos* gegangen bin, und setze mich vor den Laptop. Das muss man, auf das kommt es an beim Terrorismus, das sagten die Angehörigen der Charlie-Hebdo-Opfer, das Einzige, was hilft, ist, weiterzumachen, und wenn es nur ist, stur seinen Tee zu trinken und vor dem Laptop zu sitzen. Facebook sagt uns, was zu tun ist: *Wir werden weitermachen. Unseren Hass habt ihr nicht.*

Viele haben ihr Profilbild geändert, *Je suis Namenlos.* Ist das nicht ein bisschen dick aufgetragen? Wer bastelt diese Betroffenheitsbilder in so schneller Zeit, was sind das für Menschen? Ein SMS von Alfred. Geht es dir gut? Warum warst du nicht dort, hattest du nicht Dienst?

ein brechdurchfall hat mich gerettet, schreibe ich zurück.

Können wir reden?, kommt die Antwort gleich.

Ein Attentat, und schon will er wieder reden. Gestern noch dachte ich, diese Pausen könnten zu einem Charakteristikum in unserer Beziehung werden, und dass sie nicht ausgesprochen zu Ende gehen wird, sondern dass sie quasi ausgeschlichen wird, zwischen immer größeren Pausen. Das möchte ich nicht. Gestern habe ich mich schon für die Form entschieden. Es sollte ein E-Mail werden. Ein Anruf ist zu frontal, ein Brief zu theatralisch, eine Karte würde gehen, aber darauf ist zu wenig Platz, für eine Entschuldigung, eine Erklärung und einen Abschied.

Aber heute ist alles anders, ich bin eine Fast-Versehrte, ich hätte tot sein können. Irgendwie adelt mich das. Der Fast-Tod ist ein Umpoler. Alles erscheint in diesem Licht, das nun doch nicht vorzeitig ausgegangen ist. War Alfred nicht auch fast tot? Was ist für ihn anders?

Ob wir reden können. Alfred, der auf eine überaus erwachsene Art auf mein kindisches Verhalten während des *Fests für Literatur und Musik* reagiert, nämlich gar nicht. Alfred hätte mit kühler Stimme und stichhaltigen Argumenten Schluss machen sollen. Annika, das wird mir zu blöd, das hätte gereicht. Oder: Annika, das ist nicht meine Welt.

Es ist natürlich meine Schuld, ich habe das Band, das uns eint, kurz abgelegt, um mich zu amüsieren, erst mit Mark, dann mit Rouven. So etwas tut man nicht. Ob Alfred schon mal LSD genommen hat? Es tut mir leid, dass ich dich blamiert habe, beginne ich zu schreiben. Und darunter: Es tut mir leid, dass ich nicht so reif bin, wie du es verdient hättest. Und darunter: Ich fürchte, wir haben einander zu viel Freiraum gelassen.

Es wird also eine Liste.

Mark, den ich schon viermal angerufen habe und den ich nicht erreiche. Mark passiert nie etwas, sage ich zu mir. Wer sind die beiden Toten? Theodora ruft an, sie will mich ablenken und versichert mir, wie sehr sie sich auf unseren Trip nach Palma freue. Trip, denke ich und muss gleich wieder auf Rouvens Facebookseite nachsehen. Rouven und sein schiefer Mund beruhigen mich.

Wien hat seinen ersten Anschlag, aber Rouven raucht erst mal eine, irgendwo auf einem Bahnhof. Er hat einen dichten Terminplan, morgen Orpheum, übermorgen Posthof Linz, zu Silvester in Dornbirn.

Es war Theodora, die mich abgeholt hat, von dem stickigen Kaffeehaus, in das ich mich geflüchtet hatte, nachdem ich einen strammen Fußmarsch von einer Viertelstunde ohne Jacke hinter mich gebracht hatte und vor den verschlossenen Toren des Schlosses gestanden war. Theodora war die Einzige, die für die Aufgabe, mich unter diesen Bedingungen auszulösen, infrage gekommen war und von der ich die Nummer im Kopf hatte, die der kopfschüttelnde Wirt des Cafés in sein Handy tippte. Na so was, sagte ein Trinker, der daneben stand und mein Gespräch schamlos verfolgte, als wäre ich eine Figur aus einer Fernsehsendung. Eine Stunde musste ich auf Theodora warten, den Blicken des Trinkers ausgesetzt, der sich immer wieder nach mir umdrehte, um sich zu vergewissern, dass es so etwas wie mich tatsächlich gibt, und dass ich immer noch dasaß, der immer wieder den Kopf schüttelte, über die junge Frau im Winter ohne Mantel, ohne Tasche, in ihrem Dorf. *Na so was.* Der Wirt stellte mir unaufgefordert eine Tasse Tee hin, die er nachher aber von Theodora kassierte. Sie sagte nicht viel, schüttelte den Kopf, reichte mir mütterlich eine Decke, die sie im Kofferraum hatte, sie rief auch den Schlüsseldienst. Die Handtasche kam mit der Post, per Nachnahme, eine Woche später.

Auf Rouvens Facebook-Profil kein Wort zu dem Anschlag, kein schwarzes Profilbild, kein »*Je suis Namenlos*«-Posting. Aber ganz aktuell ein zweites Foto, wie Rouven im Zug sitzt und Bier trinkt. Wien hat seinen ersten Anschlag, Rouven hebt erst mal einen. Prost! *Der Tod is a laues Lüfterl.* Ich stelle mir vor, wie er, angesteckt von der alle erweichenden Tragik des Attentats, an seine Bandkollegin denkt, die nichts von ihm wissen will. Das versöhnt mich. Wie er vielleicht gar nicht an sie denkt, weil er an keine Frau denkt, sondern einfach im Kokon seiner Selbstliebe vor sich hindünstet, Attentat hin oder her. Wie er an so etwas wie mich schon gar nicht mehr denkt, ich war zufällig Passagier, einer, der neben ihm durch einen LSD-Trip gereist ist. Ich war eine beliebige Begleitung, ein warmer Körper, der ihm ärgerlicherweise eine anonyme, feuchte Körperöffnung, in die er seinen prominenten Schwanz hätte auswringen können, vorenthalten hat. Ob er denkt, dass ich ein Groupie bin? Ob er weiß, dass mich seine Musik gar nicht interessiert? Wie er so nackt in der Dusche kauerte, hat sich in meinen Kopf eingebrannt, egal, wie manieriert er auf den Bildern den Nikotinmund verzieht.

Schon wieder ein SMS von Alfred. Möchtest du morgen Mittag zu unserer Familienfeier kommen? Es gibt Gans.

Endlich ruft Mark zurück. Aber es ist nicht Mark, sondern seine Tante, die seine Rückrufe erledigt, weil Mark im Krankenhaus liegt und Marks Mutter bei ihm ist. Eine leichte Rauchgasvergiftung, das könne zwar eine Weile dauern, aber so etwas gehe vorbei, es gehe ihm *den Umständen entsprechend* gut.

Eine unglaubliche Erleichterung. Ich stelle mir vor, wie Mark in einem Sechsbettzimmer liegt, auf dem Rücken, noch rauchverschmiert im Gesicht, eine Maske auf dem Mund, ein paar Wimpern angesengt, Kratzer, die ein paar neue Narben ergeben. Vielleicht empfängt er bereits seinen Besuch plappernd im Bett sitzend, die Schwimmerin, die Fechterin, der ebenso nichts zugestoßen ist, und vielleicht visiert er schon eine Nachtschwester an. Ein tröstliches Klischee. Ich habe vergessen zu fragen, in welchem Krankenhaus er liegt.

Ich schalte den Fernseher ein, eine Terrorismusexpertin, die sagt: Es war eine Frage der Zeit, dass … Ich schalte ab, die Bilder bleiben. Wer sind die beiden Todesopfer? Waldorf und Statler? Die Briebrotfrau? Jemand aus der Gruppe, die den Gang so rücksichtslos verstellte? Die Schwäche kommt zurück, ich lege mich aufs Bett, aber die Gedanken lasten schwer auf mir. Ich versuche, mich an die Gäste zu erinnern, die am heiligen Abend da waren, an Gesichter, aber die Darmgrippe hatte mich zu sehr im Griff, ich erinnere mich an Übelkeit, Schwindel, an Ekel vor den Getränken, Bauchkrämpfe und sonst an fast nichts.

Der Schlaf zieht mich ins *Namenlos*, in dem das alles nicht passiert ist. Im Lokal ist es fast ganz still, Mark und ich sind da, außer Statler keine Gäste, aber der redet und redet, er liest aus einem Buch vor, wird dabei immer lauter, er schreit, und ich verstehe kein Wort.

Als ich wieder aufwache, ist das Fieber weg und eine IS-Splittergruppe hat sich zu dem Anschlag bekannt, der Reporter ist immer noch vor Ort, er ist jetzt von der Kälte gerötet. Aber es gibt Zweifel, denn das Bekennerschreiben war sehr ungewöhnlich formuliert, möglicherweise ein Trittbrettfahrer, denn der Anschlag war dilettantisch, deswegen verhältnismäßig glimpflich, aber nichtsdestotrotz … Ich schalte den Fernseher gleich wieder aus.

Alfreds kleine Weihnachtsfeier, zu der ich jetzt eingeladen bin, nach dem Attentat. Ich sehe die Gans vor mir, ihre verklebt verbrannte Haut, sicher von Valerie gebraten, Rotkraut, bleiche matschige Waldviertlerknödel, Übelkeit steigt in mir auf. Was wird Elias essen? Vor zwei Wochen hat er sich verplappert, als ich mich mittags um ihn gekümmert habe, er hat gefragt, ob ich am Stefanitag auch zum Essen käme. Es war einer jener Momente gewesen, die herzlich waren. Wo kurz davor herausgekommen ist, dass er seit Wochen nicht zum Fußballtraining gegangen ist, sondern im Donauzentrum herumlungerte. Ein Einkaufszentrum. Ein Ort, der seine alten Eltern in Panik versetzte, weil sie vergessen haben, wie normal es mit dreizehn ist, in Einkaufszentren herumzulungern. Und dass das Lungern für den 13-Jährigen kein Lungern ist, sondern so etwas wie deine Abende mit Eleonore und Vinzent, habe ich versucht, Alfred zu erklären. Elias spürt, dass ich zwischen den Generationen stehe. Er begreift, dass ich eine potenzielle Verbündete sein kann. Elias, der wie ausgewechselt ist, seit ich ihn nach einem Match in irgendeinem Weinviertler Kaff, von dem ich ihn abgeholt habe, auf einem Baumax-Parkplatz mit Alfreds Alfa ein paar Runden drehen ließ, nachdem er zu mir gesagt hatte: Du fährst so ruckartig. Dann fährst eben du, habe ich gesagt, bin in den Parkplatz eingebogen und ausgestiegen. Es war eigentlich nicht ernst gemeint, es war eine Art Lektion, so, wie man es mit Hunden macht, die beim Gassigehen ziehen, man schimpft nicht, man straft nicht, man bleibt einfach stehen. Als sich seine Augen weiteten, konnte ich nicht mehr zurück. Es machte ungemeinen Spaß, ihm alles zu erklären, seine volle Aufmerksamkeit zu haben, ihn zu beobachten, wie er in den Fahrersitz hineinschmolz vor lauter Ehrfurcht, wie sich seine Finger um das Lenkrad spannten, wie das Auto zuerst bockig vorwärts sprang und Elias dann, sehr gelehrig, immer geschmeidiger kuppelte und schaltete. Seitdem sind wir zwar immer noch keine Freunde, aber ich bin in seiner Achtung aufgestiegen, von einer Betreuungsdienstleisterin zu einer möglichen Verbündeten gegen die Alten und ihre Regeln. Alfred ist das nicht entgangen, er rätselte, wie es zu dem Sinneswandel gekommen ist, aber er muss nicht alles wissen.

Nein, ich weiß nichts von einer Weihnachtsfeier, antwortete ich Elias, und er sagte, ach, schade.

Es gibt Gans.

Gab es irgendwann Vertrauen? Vielleicht wollte er die Weihnachtsfeier nicht gefährden, die Harmonie nicht mit unserer Unverbindlichkeit vergiften. Vielleicht hat er gehofft, ich wäre bei meinen Eltern. Vielleicht habe ich mich zu einer unberechenbaren Unbekannten in der Gleichung entwickelt und meine Chance auf einen idyllischen Abend, auf einen festen, warmen Platz in Alfreds kleiner Familie verspielt. Vielleicht schläft er ja wieder mit Valerie, so wie ich mit Mark geschlafen habe, und vielleicht macht er das schon lange und vielleicht ist das auch gut so. Vielleicht bin ich hartherzig. Ich schließe das Mail, ich speichere die Liste nicht und schicke ein SMS an Alfred: Nein.

In Vöcklabruck hat sich nichts geändert. Der Tisch ist schon gedeckt, dekoriert, mit den drei Engelchen, die Münder wie Sexpuppen haben. Ein Berg Vanillekipferl auf einem Teller, ich wende den Blick ab. Am Fensterbrett die Krippe, die Mutter immer zu Weihnachten auspackt und am Dreikönigstag wieder in Seidenpapier verstaut, genauso wie den Christbaumschmuck, alles in eine große Kiste mit der Aufschrift: Weihnachten. Mutter hat schon im Vorraum meine Schläfe berührt, als hätte ich dort eine Verletzung, mit Tränen in den Augen, Vater, der mich vom Bahnhof abgeholt hat, ist hinter ihr gestanden. Sie befühlte das Wunder, dass es nicht mich erwischt hat. Vater hat sich für diese rituelle Umarmung angestellt, obwohl er mich am Bahnhof schon theatralisch umarmt hat. Als wäre ich von den Toten auferstanden. Wer macht so etwas, hat Mutter geflüstert. Ich lasse mich in ihre besorgte Zuwendung hineinsinken.

Diese Terroristen spielen mit unseren Ängsten, sagt Vater besonnen, als Mutter mich loslässt. Wir dürfen die Nerven nicht verlieren. Dir ist nichts passiert.

Heute bemüht sie sich bestimmt, sagt Mutter über Oma, die sich noch ausschläft. Oma ist neunundachtzig und braucht ihr Nachmittagsschläfchen wie ein Baby, und man muss sie, wie ein Baby, rechtzeitig aufwecken, damit sie nachts nicht im Bett steht, aber man muss sie nicht füttern und nicht wickeln, noch nicht. Mutter paniert die Karpfenfilets mit maschineller Routine. Sie springen von einem Teller zum nächsten, ins Mehl, dann ins Ei, dann in die Brösel, dann auf den Stapel unter dem Geschirrtuch. Ich sitze in der kleinen Nische beim Fenster, die zwischen dem Katzentischchen und dem Herd freigelassen wurde, der Platz meiner Mutter, die sich so gerne in der Küche aufhält, dass sie sich eine Art Hochsitz eingerichtet hat, auf dem sie auch über ihr Revier walten kann, wenn es dort nichts zu tun gibt. Der Fischgeruch steigt mir in die Nase, ich öffne das Fenster hinter mir. Ihre Zeitung liegt da, ihre Lesebrille, ein Roman, eine Gartenzeitschrift. Ich verstehe, dass sie und Vater getrennte Zimmer brauchen, aber ich verstehe nicht, wieso sie das Obergeschoß mit seinen zwei Kinderzimmern verwaisen lassen und sich hier unten zusammenpferchen.

Als sie mit den Vorbereitungen fertig ist, bei denen sie sich nicht helfen lassen will, geht sie Oma wecken, während ich mich zu meinem Vater setze, der im Fauteuil mit herausziehbarem Fußteil sitzt und sich weiterbildet, wie er sagt. Mutters kleinformatige Zeitung in der Küche, Vaters PRESSE auf dem Couchtisch: Die Feindeslinie verläuft quer durch das Erdgeschoß. Das Kreuzworträtsel hat er gelöst, jetzt hat er ein Buch in Arbeit, über einen Entdecker, von dem ich noch nie etwas gehört habe. Der Atlas liegt ebenfalls auf dem Couchtisch, ein Ungetüm, das er sich letztes Jahr zu Weihnachten gewünscht hat und das er brav benutzt, oft nach den Nachrichten, wenn er mit der Lupe die Orte studiert, aus der die Katastrophenmeldungen geerntet werden. Weißt du, sagt er jetzt leise, diese ganzen Kriege und Unruhen lassen sich alle geografisch und klimatisch herleiten. Dürren. Überschwemmungen. Vulkanausbrüche. Erdbeben. Das verschiebt sich jetzt alles mit der Erderwärmung. Was will er damit sagen? Ich nicke und denke wieder, dass mein Vater zu früh pensioniert wurde. Man hat ihm, dem leidenschaftlichen Geografie- und Sportlehrer, der Exkursionen organisiert und Dokumentationen mit den Kindern gedreht hat, den Lebensinhalt abgegraben, man hat ihn in ein Ruhegefängnis entlassen, aus dem er sich nicht alleine befreien kann. Ich würde ihm gerne raten, Flüchtlingshilfe zu leisten oder in Altersheime zu gehen, anstatt in seinen Büchern zu verschwinden. Vielleicht könnte er auch, auf ein mildes Antidepressivum gut eingestellt, diese Untätigkeit abschütteln, die ihn umgibt wie Spinnweben. Hinter der großen Zuneigung zu ihm wartet die noch größere Enttäuschung, die ich für ihn bin, auch wenn er es nicht ausspricht. Nonverbal werde ich es zu spüren bekommen, später. In der erleichterten Zufriedenheit, mit der er seinen Sohn und seine Enkel betrachtet, eine Reaktion, die ich nie ernten werde. Mutter spricht es wenigstens aus, was sie heute noch nicht gemacht hat, aber das kommt schon noch nach dem ersten Gläschen Sekt, spätestens, denn ich werde im kommenden Jahr dreißig, und angesichts dieses Jubiläums wird sie mit ihren Warnungen über tickende Uhren und ablaufende Fristen nicht hinter dem Berg halten können.

Alles in Ordnung mit dir, mein Kind, sagt er und legt das Buch auf seinen Schoß. Es sind nur elf Jahre zwischen ihm und Alfred. Es sieht aus wie eine ganze Generation. Ob Alfred auch so verholzt, wenn er im Ruhestand ist? Aber Alfred wird sich nicht in den Ruhestand schicken lassen, er wird sein kleines Büro mit Klauen und Zähnen verteidigen, er wird sich in Gremien breitmachen, er wird sich nicht abschneiden lassen von all der Bestätigung, die er anzapfen kann. Vielleicht aber wird ihm das Herz dazwischenfunken, eine Vorstellung, die mich erschreckt und noch ein Stückchen weiter von ihm entfernt.

Vater würde mich lieber fragen, wie es meinen Kindern geht, meinem Mann, meinem Job, als die anonyme Ordnung abzufragen. Wenn ich wenigstens ein Hobby hätte, Triathletin wäre, in einer Band singen würde, dann könnte ich ihm irgendetwas unterbreiten, Kilometer, Medaillen, Konzertmitschnitte, eine CD. Das Leben studieren ist kein Hobby, Kellnern ist keine Arbeit, Alfred ist kein Mann, Elias ist kein Kind. Ich kann nur Leerstellen ausbreiten und darunter das Unsägliche verstecken: Stell dir vor, Papa, ich habe mir beim Fremdgehen einen Chlamydieninfekt eingefangen. Oder: Ich habe LSD ausprobiert und dabei Alfred vor den Kopf gestoßen, und dann bin ich mit einem Rockstar ins Hotel, ohne Tasche, ohne Mantel.

Ich kann ihm keine Erbsen auf den Tisch legen und sagen: Schau mal, diese Erbse ist prall und grün, und diese hier ist ein bisschen verschrumpelt, und diese trockne ich und setze sie im Frühjahr ein und schaue, ob sie aus ihrer zweiten Chance etwas macht, gut? Solche Gespräche sollte man mit seinen Eltern führen. Ich würde ihm gerne sagen, dass ich seine Enttäuschung verstehe, dass ich aber nicht seinetwillen und um Mutters willen wieder in ein Krankenhaus gehe und als Therapeutin arbeite und mir einen Gleichaltrigen suche und sein Sperma ausbrüte, nur um in einer Schürze Erbsen zu sammeln, die ich dann bei jeder Gelegenheit auf den Tisch leeren kann. So wie Daniel.

Die Klette hat es leichter, die Klette muss nicht erwachsen werden. Mutter war über vierzig, der Zauber der späten Geburt umwehte die Klette schon ihr ganzes Leben, sie war nicht geplant, sie war ein Geschenk, das sich niemand gewünscht hat und das zu einem Segen heranwachsen durfte. Alles an ihr war ein Wunder: dass sie gezeugt wurde, dass sie gesund geboren wurde, dass sie mit vier Rad fahren konnte, und wie sie zeichnete! Dieses Privileg, ein Wunder zu sein, hat sie nie abgelegt. Es machte sie zu einer kränklichen, zerbrechlichen Heiligen, die es ihr Leben lang faustdick hinter den Ohren hatte. Die ihren Status geschickt instrumentalisieren konnte, die uns alle um ihre zarten, pickigen Finger wickelte. Die überall Unterstützung brauchte, in der Schule, in der Freizeit, beim ersten Liebeskummer, in ihrer Entscheidungsfindung. Die mir ins Zimmer gesteckt wurde, als sie zwei war, die immer quasseln musste und heulen und petzen. Die später, als ich ausgezogen war, immer mit mir telefonieren musste, wegen jeder Kleinigkeit, ein böses Lehrerwort, eine eingeschnappte Freundin, ein eingerissener Daumennagel, eitrige Stirnhöhlen, bis sie in einem Studentenheim in Linz landete, in dem sie gut aufgehoben ist, so gut, dass ich jetzt fast nichts mehr von ihr höre. Welche Erbsen wird die Klette einmal abliefern?

Alles in Ordnung, sage ich, und endlich fällt mir ein, dass ich ihm von der kleinen Reise nach Mallorca erzählen könnte. Er hebt die Brauen, richtet sich ein wenig auf und fragt, wie lange ich dort bleibe und was ich mir ansehen werde, und da muss ich ihn gleich wieder enttäuschen, denn ich habe mich nicht auf die Reise vorbereitet, habe keine Reiseführer studiert, und außerdem sind es nur drei Tage. Er sinkt wieder zurück und lächelt, ich spüre, er will das Kapitel zu Ende lesen, bevor die Familie über ihn hereinbricht.

Und das tut sie dann auch, laut. Das Wohnzimmer ist zu klein für vier Generationen. Unvorstellbar, dass die Klette und ich auch noch Männer und Kinder beisteuern sollen. Der große Bub schreit, als er die Päckchen aufreißt, der kleine schreit, weil Kinder in diesem Alter schreien müssen, Vater schreit, weil Großmutter schwerhörig ist, Großmutter schreit, dass sie zwar schwerhörig sei, aber Vater nicht minder. Daniel versucht, der Situation seine ruhige Art überzustülpen, die Klette schaut auf ihr Handy, als wäre sie noch in der Pubertät, Mutter ist in die Küche geflüchtet, um den Karpfen zu frittieren und den Seitan für die Klette anzubraten. Keine Angst, beim Essen wird es leiser, hat sie zu mir gesagt, da haben sie alle den Mund voll.

Es stehen viel zu viele Kerzen auf dem Tisch, der Große will und darf sie alle ausblasen, und dann wird bei dem ganzen Kerzenrauch das Essen aufgetragen und ausgeteilt. Ich sehe ihnen beim Essen zu und nippe an meinem Tee, ich wundere mich, wie groß der Appetit ist, vor allem Großmutter scheint einen guten Stoffwechsel zu haben, dabei sagt Mutter, dass sie nicht mehr so viel essen und vor allem ausscheiden kann. Ihr gegenüber habe ich immer ein schlechtes Gewissen, weil ich mir denke, wenn sie tot ist, wird es mir leidtun, dass ich mich so wenig mit ihr auseinandergesetzt habe, aber zu ihr hatte ich nie ein besonders enges Verhältnis, denn Großmutters Liebe für Daniel war so verschwenderisch, dass keine für mich übrig blieb, erst als die Klette geboren wurde, kam Nachschub, aber der war nicht für mich, denn ich war schon neun und die kleine Klette eindeutig goldiger.

Großmutter fragt mich immer dieselben Dinge, wie es mir in Wien so geht, und ob ich mich nicht fürchte, wenn ich so spät nachts unterwegs bin, und ich lüge immer brav und sage das, was sie hören will: gut, und: nein, es ist alles gut beleuchtet und die Nachtbusse sind fast immer voll. Ihre Runzligkeit, diese Lippenlosigkeit beim Essen verleihen ihr etwas Schildkrötenhaftes, auch der gut gepolsterte Rundrücken. Ich darf das nicht denken, weil mich gleich Reue heimsucht und eine Traurigkeit darüber, wie die

Osteoporose die alten Frauen beugt, wie diese längere Lebensdauer sie alleine zurücklässt, wie die Gesellschaft sie unsichtbar und ungeschehen machen will, vor allem, wenn sie sich in den Krankenhaus- und Pflegebetten unkontrolliert vermehren und auch noch Kosten verursachen. Wie abscheulich das Leben die alten Frauen behandelt. Ein bisschen Selbstmitleid schwingt da auch mit, denn ich sehe ihr auf den Fotos von früher ziemlich ähnlich, und diese Reptilienwerdung steht mir wohl auch bevor. Dass wir beide keine Beziehung zueinander aufbauen konnten, ist deswegen besonders enttäuschend. Wessen Schuld ist das? Mir steigen Tränen in die Augen, ich wische sie unauffällig ins Taschentuch und schnäuze mich, aber es merkt niemand.

Der Kleine hat lange genug wie eine Teigkugel in seinem Kindersitz gesessen, jetzt hilft kein Herumlutschen und -kauen mehr, er hat alle Optionen angespeichelt und anschließend auf den Boden geworfen, die altbackene Semmel, den Babykeks, den Trinkbecher, den Schnuller und zuletzt die Rassel, die er zornig auf den Tisch geworfen und dabei Vaters Rotweinglas umgemäht hat, jetzt braucht es die Mama, und Bettina steht auf, legt das Baby gekonnt über den linken Unterarm, legt den rechten darüber und schaukelt es wie einen prallen, rosigen Muff, wodurch es zuerst gluckst und danach sofort einschläft.

Wenn es immer so einfach ginge, vielleicht wäre ein Baby doch keine schlechte Idee. So ein Baby ist der perfekte Neubeginn, ein Baby wäre eine Brandrodung für mein verpatztes Leben, ein Neustart. Wenn Mark mich geschwängert hätte, wären wir jetzt ein Paar, ich würde an seinem Krankenhausbett sitzen und der kleinfamiliäre Rausch würde uns beduseln, erst das Attentat überlebt und dann gleich Nachwuchs. Doppeljackpot. Ich würde ihn plötzlich lieben und er mich, die Liebe käme wie eine Vulkaneruption aus diesem winzigen, gekeimten Hoffnungsträger in meinem Bauch. Je mehr Drama rundherum, desto mächtiger wäre die Liebe. Kaum stelle ich mir eine dramatische Liebe vor, fällt mir eine Beerdigung ein, Marks Beerdigung, und ich schwanger, in Schwarz. Sobald ein Kind im Spiel ist, wird alles gleich so dramatisch und bedeutungsschwer. Aber dann fällt mir gleich wieder Leonie ein, die an ihren Eltern hängt wie ein kleiner Parasit, der mit seinen mächtigen Saugnäpfen Theodora und Jürgen verbindet, die ansonsten nichts mehr verbindet, und so eine Familie will ich nicht, auch nicht so etwas wie Alfred und Valerie, bei denen es zwar ein bisschen besser ist, weil sie mehr Geld haben, die es aber auch nicht geschafft haben. Ohne Kinder und Kredite, ohne Angst vor Einsamkeit erübrigt sich die lebenslange Liebe. Mir fällt kein einziges Paar ein, das sich aufrichtig und verbindlich liebt, und kein einziger Grund, wann das mit einem Kind so einfach gehen sollte. Mir fällt keine Liebe ein, die ohne Saugnäpfe, Stacheln und Haken auskommt. Wahrscheinlich bin ich hartherzig und kalt und abnormal und glaube nicht an die Liebe.

Daniel hat mir ein Buch geschenkt (»Wie man glücklich sein kann«), Großmutter hat mir Geld geschenkt, Mutter eine sündhaft teure Gesichtscreme. Tante Hilda hat mir einen Gruß aus New York geschenkt, ausgerichtet über Großmutter. Vater hat mir mein Päckchen erst nach dem Essen gegeben, als hätte er sich dazu überwinden müssen, es sei eigentlich kein Geschenk, sagte er verlegen. Es ist eine Schachtel mit all meinen Klaviernoten aus meiner Kindheit, die ich teilweise von Hilda geschenkt bekommen habe, aber es sind auch alle Kopien da, mit den handschriftlichen Notizen darauf. Er hat sie gefunden, als er im Wohnzimmerschrank Ordnung gemacht hat. Ich nehme einen Band nach dem anderen heraus, erst die Sammelwerke, Czernys Fingerübungen, Kinderstücke, dann schon die Klassiker, die man spielen muss, »Für Elise«, die schreckliche »Alla Turca«. Dann schon die Einzelausgaben, Schuberts »Impromptus«, Chopin, Bach, mein Scheiterstück; der dritte Satz von Beethovens »Mondscheinsonate«, den ich dreimal begonnen und dreimal abgebrochen habe, so viele Randbemerkungen von Frau Ritzmann, ihr spitzer Bleistift, dann die Steigerung, der Rotstift: schwerer kleiner Finger!, dann lieber noch einen Chopin, lieber noch einen Satie und noch einen Debussy, und dann bin ich nach Wien auf die Physiotherapieschule gegangen, so ein Instrument wie ein Klavier nimmt man nicht mit, wenn es nicht unbedingt sein muss, und unbedingt sein muss es nur, wenn es zum Beruf wird.

Du warst begabt, sagt Vater, wirklich begabt. Ich habe zu viel getrunken. Warum weine ich jetzt schon wieder? Weil man mir nicht früher gesagt hat, dass ich begabt bin oder war, und ein solches Lob gebraucht hätte? Warum haben sie mir das nicht wenigstens zwischen Daniels sinnlosen Matchbällen und Klettes Kinderturnen oder Malkurs gesagt? Und warum hat es mir Tante Hilda nicht gesagt, wenigstens nebenbei zwischen einem ihrer Konzerte? Von mir aus auch am Telefon. Vater denkt, ich sei gerührt, und er wirkt erleichtert über meine Tränen und sagt, wenn du möchtest, kannst du das Klavier nach Wien mitnehmen, wir zahlen dir den Transport zu deinem Dreißigsten.

Das Essen liegt schwer in der Luft und in den Bäuchen, aber es ist dieses Attentat, das bleiern auf unserer Weihnachtsstimmung lastet. Immer wieder schüttelt jemand den Kopf, immer wieder kommt jemand zu mir und umarmt mich, zuletzt die Klette. Als wäre ich die Verbindung zwischen der heilen Familie und dem bösen Terror, auch wenn nichts passiert ist, habe ich einen Sonderstatus, der neu ist und den ich genieße, gegen Bettinas Bandscheibenvorfall und das Zahnen des Kleinen und Daniels Beförderungsverzögerung wegen einer Quotengeschichte, gegen Klettes schwierige Prüfungen und gegen Vaters, Mutters und Großmutters gesammelte Krankengeschichten. Mir fällt auf, dass Mutter nichts über meine Lebenspläne gesagt hat, nichts über Alfred oder das Studium. Und dann wird Großmutter müde, die Klette muss den letzten Zug nach Linz erwischen, die Kinder gehören ins Bett, und als ich in meinem alten Kinderzimmer liege, das zwar nach den Auswahlkriterien von Mutter bereinigt wurde – warum hat sie das Pferdeposter hängen lassen, aber den Traumfänger weggeräumt? –, das aber im Grundriss immer noch da ist, mit Bett, Schreibtisch, Kasten, Patchworkdecke, überkommt mich eine Art Zufriedenheit. Ich blicke auf die Silbertanne, die gewachsen ist, und ich bin auch noch da, in allen Entwicklungsstufen, ineinandergeschachtelt wie eine Matrjoschka liegen wir alle in meinem Jugendbett, und gestern und heute ist eine weitere Schicht hinzugekommen, die sich dünn anfühlt, unbemalt, unlackiert.

Am nächsten Morgen erwache ich spät, die Eltern und Großmutter sind außer Haus, wahrscheinlich am Friedhof, und ich setze mich vor das Klavier, das gut abgestaubt worden ist, auch die Tastatur ist glatt und makellos, ich brauche keine Noten. Es ist ein bisschen verstimmt, aber der Debussy geht immer noch, wenn auch steif, vom dritten Satz der »Mondscheinsonate« ist jedoch nichts mehr da, ich weiß die Tonart nicht mehr, die Abstände, die Finger springen auf und ab, können sich nicht entscheiden, und die Läufe, die früher so einfach gegangen sind, sind eingerostet. Die Finger haben alles vergessen, so wie die Arme vergessen haben, wie das ging, im Handstand zu laufen, durch den ganzen Garten bin ich auf den Händen gegangen. Im Ohr habe ich das Stück zwar noch, aber es ist nur dort, und das reicht mir eigentlich auch. Ich lasse den Deckel zufallen, der Knall ist empfindlich laut im ruhigen Haus, er verklingt langsam, und in die Stille hinein knirscht das Auto meiner Eltern über den Kies, da laufe ich schnell nach oben, als hätte ich etwas Verbotenes getan.

9

Wie eine Zunge, die einzuziehen vergessen wurde und angetrocknet ist, hängt der Lachs aus dem Baguette, die Mayonnaise gelblich hervorquellend und ein erschlafftes Salatblatt, wer soll so etwas essen. Ich kaufe einen Kaffee für fünf Euro, weil in den Flughafenrestaurants alles teurer sein darf, und setze mich auf die Sitzreihe neben der Fensterfront. Der erste richtige Schneefall in diesem Winter, draußen fahren die Räumfahrzeuge Amok, dazwischen die Wägelchen mit den Koffern, es sieht alles sehr planlos aus, wir haben schon eineinhalb Stunden Verspätung. Als würde es nie schneien bei uns und auch nie in Frankfurt, das kenne ich aus den Medien, dass sie nie genug Enteisungsspray auf Lager haben, aber heute betrifft es mich einmal persönlich – und ein paar genervte Geschäftsreisende, die jetzt, Samstagnachmittag, am Silvestertag, aber wirklich gerne bald nach Frankfurt fliegen würden, von wo mein Anschlussflug weiter nach Palma geht. Oder auch nicht. *Cancelled*, *Delayed*, die Monitore sind rot-gelb gesprenkelt, das Sturmtief Erika hat ganze Arbeit geleistet. Erika ist die zweite Naturkatastrophe heute, die erste ist eine eitrige Bindehautentzündung der kleinen Leonie, die ohne Theodoras liebende Präsenz einfach nicht heilen wird, und deswegen muss Theodora, die mit fester Stimme ins Telefon gesprochen hat, leider zu Hause bleiben, das müsse ich leider verstehen. Im Reisebüro haben sie gesagt, dass für so einen Fall leider keine Stornobedingungen gelten, wenn die Stornoversicherung nicht abgeschlossen wurde, und das wurde sie natürlich nicht, wer rechnet schon mit so einem fiesen kleinen Eitererreger, der sich Leonies Augen just an unserem *Mädelswochenende* ausgesucht hat. Du solltest sie sehen, hat Theodora statt einer Entschuldigung ins Telefon gesagt. Ganz verpickt. Ich bin froh, dass ich Leonies verpickte Eiteraugen nicht sehen muss, mir ist sowieso schon übel, den ganzen Tag, vielleicht weil sich die Elemente so zwischen mich und dieses Wochenende geschoben haben, eine Verschwörung, die man nicht anders nehmen kann als persönlich. Ich habe vorgestern in einen kleinen Reiseführer investiert, in dem steht, man muss unbedingt dieses Kloster gesehen haben, Santa Clara, bei dem die Nonnen durch eine geheimnisvolle Drehtür legendäre Kekse verkaufen. Der Gedanke, zu Hause zu bleiben, ist mir gar nicht gekommen, diese Trostlosigkeit, die sich seit dem Anschlag über die eiskalte, seit heute schneeverwehte Stadt gelegt hat, ein ganzes Silvesterwochenende lang zu ertragen, ohne Aussicht auf Ablenkung, dann schon lieber Mandelblüte und Nonnenkekse, und Malle bei Schnee kann sicher auch was, wie Mark im Spital gesagt hat.

Es war nur ein kurzer Besuch gestern, das Dreibettzimmer war gut gefüllt, Freunde, Familie, die Fechterin, wie ich erleichtert feststellte. Diese Verlegenheit, die entsteht, wenn viele Besucher im Kreis ums Bett stehen und man versucht, ein privates Gespräch öffentlich zu führen. Mark sah überraschend frisch aus, er nahm sich Zeit, mich innig zu umarmen. Er machte Witze darüber, ob ich die Ruhr gut überstanden hätte, und stellte mich der Runde als Kollegin vor, die sich rechtzeitig aufs Klo verabschiedet hatte. Es wurde viel gelacht, flott dahingeplaudert, ein paar medizinische Erfolgswerte wurden eingestreut, heute, zu Silvester, kann er wieder nach Hause. Die Tragödie war sauber abgebeutelt, man hatte sich dazu entschlossen, im Kollektiv nach vorne zu schauen. Wie gerne ich ihm gesagt hätte, wie froh ich bin, dass ihm nicht mehr passiert ist, aber ich hielt mich im Hintergrund und hörte ein paar Minuten zu und verabschiedete mich bald. Mark umarmte mich wieder fest, zog mich dann ein zweites Mal an sich heran und flüsterte in mein Ohr: Ruf mich bitte an.

Das Selbstmitleid kommt mit der nächsten Abflugverschiebung. Aus dem kleinen Radio der Kaffeebar eiert eine Schnulze von Bon Jovi. Mit fünfzehn fand ich Bon Jovi peinlich, jetzt finde ich ihn fast attraktiv. *Baby*, wehen Gesangsfetzen zu mir herüber, *love, much, why*. Mürbe geliebte Männerherzen. Vielleicht haben Alfred und Rouven dasselbe weiche Musikerherz, vielleicht sind diese vor Kitsch triefenden Lyrics der Sänger für bare Münze zu nehmen, und mir fehlt einfach die Technik, diese Liebesfähigkeit aus der Theorie in die Realität zu melken. *You make me wanna call you in the middle of the night ... you make me wanna surrender my soul.* Bis ich sechzehn oder siebzehn war, habe ich sie mitgesungen, die großen Anklagen an die unerreichbare Geliebte; gebrochene Männerherzen schienen mir so viel glaubwürdiger als ihre weiblichen Pendants. Etwas in mir nahm die Verletzlichkeit in den Stimmen der Leadsänger immer schon ein bisschen zu ernst, auch wenn ich wusste, dass es sich um eine perfekt abgerundete Aromenmischung handelt, die mich, wie alle jungen Frauen, schlafwandlerisch an den Abgrund meiner größten Sehnsucht führte: *diejenige* zu sein. Eine Auserwählungsfantasie aus der Prinzessinnenkiste. Seit ich nur mehr Kulturradio und exklusive Konzerte höre, stelle ich mir die Musikindustrie vor wie einen riesigen Trawler, der kilometerlange Fangnetze hinter sich herzieht, und geködert werden wir mit unserer erbärmlichen Sucht nach dem Geliebtwerden. Die Frauen fallen der Sehnsucht, entdeckt und gefunden zu werden, zum Opfer, die Männer der Erlaubnis, anhänglich und wehleidig sein zu dürfen, zumindest so lange das Lied im Radio spielt. Uns mit klischeehaften Bedürfnissen das Geld aus der Tasche zu ziehen, das kann die Mode, die Filmindustrie, aber die Musik kann es am besten, und ins Netz gehen nicht nur die Jungen, auch für die Alten, die ganz hinten im Netz an die Maschen gepresst werden und halb erdrückt sind: für die spielen sie ab und zu ein Lied von früher, das sie zurückführt an den Ort, an dem sie kurz sentimental sein dürfen. Jetzt, wo ich im Radio ein Saxofonsolo höre, macht sich Alfred breit, in Schreibtischpose, die Hand zwischen den Schulterblättern.

Ich gehe rasch online. Terrorismus in Österreich *gelandet*. Terrorismus in Wien *angekommen*. Als wäre der Terrorismus ein Popstar, der dem kleinen, unbedeutenden Land endlich die Ehre eines längst überfälligen Auftritts erteilt hat. Die Zeitungen quellen über, die Diskussionsrunden, und natürlich Facebook, es gibt keine Seite, auf die man sich flüchten kann, überall wird seit einer Woche geheult, Mitgefühl zum Ausdruck gebracht, Stärke bekundet, es werden Hände geschüttelt, Likes verteilt und Lieder komponiert. Sogar Rouven ist politisch geworden, er hat ein kleines, besoffenes Video online gestellt, wo er mit seiner Gitarre auf seine unverkennbar wienerische doppelzüngige Art singt: *Schö suis Wien, i bin Namenlos, es kennts ma net des Maul verbrennen.* 9000 Mal wurde es bislang geteilt.

Ja, Rouven hat es getan, Fendrich hat es getan, Netrebko, Niki Lauda, der Bürgermeister, der Bundeskanzler und der Bundespräsident, jeder hat sich geäußert, und die Kabarettisten haben sich auch schon lustig gemacht, nach nicht mal einer Woche Anstandspause, denn in Österreich findet sich sogar im Dickicht des größtmöglichen Unsäglichen immer ein Kanal, tiefschwarzen Schmäh einzuschleusen. Dafür sind wir berühmt, für unsere *political incorrectness*, darüber hat Alfred im Kulturradio diskutiert, mit einem Humorforscher, einer Terrorismusexpertin, einem Traumaspezialisten, da wurde trotzig, aber akademisch gegen den neuen Feind andiskutiert, und ich saß vor dem Radio und fühlte überraschenderweise Patriotismus. Nicht nur die zwei Toten waren Opfer, sondern alle Verletzten, alle Wiener und Wienerinnen, die ganze westliche Welt. Die Opfer hatten ihren Auftritt, sie wurden Instrumente, die nach der Stille einen großen Moll-Akkord anschlugen. Die Weihnachtsfeiertage waren vergällt, aber sie gingen auch vorbei, und danach kam der Alltag langsam, aber sicher wieder in Fahrt, was zuerst als Sieg gefeiert, aber bald dauerentschuldigt wurde mit den Worten: Nichts wird so sein wie zuvor. Dabei ist alles wie zuvor, nur dass die Security-Kontrollen immer länger dauern und das Händereiben der Rechtspopulisten empfindlich laut geworden ist. Und natürlich die Sicherheitsdebatte, die sich gleich in einer Diskussion um neue Auflagen verloren hat: Wie hätte die Blockade des Hintereingangs verhindert werden können? Soll man stündliche Kontrollgänge vorschreiben? Wie hätte man die Entfernung des Lieferwagens vor der Vordertür beschleunigen können? Und warum hat niemand den Feuerlöscher aus der Küche geholt?

Erika tobt auch in Frankfurt, wohin wir es dann mit dreistündiger Verspätung doch noch geschafft haben. Der Schnee fällt dicht und wird über das Flughafengelände gepeitscht, er formt Wellenmuster und Wechten, und der Flug könne frühestens morgen um acht Uhr abgewickelt werden, sagt die Dame am Schalter. Aus Sicherheitsgründen, beschwichtigt sie gerade einen sehr frisch rasiert aussehenden Anzugträger, der zwei Personen vor mir in der Schlange am Schalter steht, zu Ihrer Sicherheit, höre ich sie wieder sagen, ihr rot geschminkter Mund wiederholt die immergleiche Formel, jeder Passagier bekommt dieselbe Portion Sicherheit und Zuwendung und denselben Voucher für das Abendessen und eine Übernachtung im Hotel, das, wie ich den Glattrasierten vernehme, der zornig und sich selbst bemurmelnd abgeht, natürlich nicht das *Sheraton* ist.

Obwohl man zu Fuß gehen könnte, werden wir mit einem kleinen Transporter durch das Schneegestöber chauffiert, es sind unterschiedliche Menschen unterschiedlicher Nationalität, aber uns alle eint die Betroffenheit, an diesem trostlosen Ort gestrandet zu sein. Das Hotel, vor dem der Transporter anhält, ist von einer derart robusten Geschmacklosigkeit, dass ich am liebsten im Wagen sitzen bleiben und zurück nach Wien fliegen, oder in die Stadt fahren würde, um mich in den Zug zu setzen. Allesamt keine Alternativen, weder finanziell noch organisatorisch und vor allem nicht meteorologisch. Also steige ich aus und hebe den Koffer über eine große Schneewechte, und als mich ein heftiger Windstoß aus dem Gleichgewicht bringt, bin ich plötzlich so froh, mich in Sicherheit bringen zu können, dass mir die Hässlichkeit des Hotels mit einem Schlag ganz egal ist.

Das Zimmer riecht steril, und wenn der Boden kein Teppichboden wäre, könnte es als Klassezimmer in einem Spital durchgehen. Ich setze mich an das winzige runde Tischchen, das beim Fenster steht, in einer Vase eine rote Plastikgerbera. Wer soll hier Platz nehmen und warum? Was denken diese Hoteleinrichter, soll man an so einem Tischchen machen? Lesen? Denken? Die Plastikblume bewundern? Die gegenüberliegende Hausmauer in vollen Zügen genießen? Mein Nacken ist steif geworden, weil ich im Flugzeug eingeschlafen bin, mit abgeknicktem Hals. Irgendwo hinter der Mauer des Innenhofs ist das Flugfeld, man hört keine Triebwerke, keine Motorengeräusche, nur Erika, die über die baum- und berglose Ebene wütet.

Ich wechsle die Position, sitze steif auf dem Bett, versuche, meinen Nacken selbst zu massieren, muss an Alfred denken. Ich ergründe, ob ich glücklich oder unglücklich sein soll. Meine Hände befühlen den Bettüberwurf, der hässlich ist, aus blau gemustertem Kunststoff. Wenn ich ihn vom Bett ziehe, wird er Funken schlagen. Die Sinneseindrücke verschwören sich, ich bin einsam, ich bin in Sicherheit, ich bin in ein Zeit- und Schneeloch gefallen, ich bin hungrig und beschließe, den Voucher einzulösen.

An der Bar haben sich bereits die Gestrandeten versammelt, sie sitzen aufgefädelt am Tresen, eine harmonische Wärme ist spürbar, man ist einerseits verärgert, aber das Sturmtief erzeugt ein Wir-müssen-zusammenhalten-Gefühl, die einvernehmliche Illusion, knapp einer Katastrophe entkommen zu sein. Sie trinken Bier und Wein und Kaffee, knabbern Erdnüsse, eine Frau in einem leuchtend gelben, goldbestickten Sari umklammert eine Teetasse. Die Farbe, der Glanz des Stoffes erinnern mich an das Farbenspiel, das den LSD-Rausch eingeleitet hat, ein partielles Blitzen und Leuchten. Ich bestelle ein großes Bier.

Neben mich setzt sich jemand, es ist der Glattrasierte.

Man könnte meinen, wir wären auf einem Schiff, ein Hauch von Titanic, sagt er zu keinem Bestimmten.

Auf der Titanic war aber das Wetter besser, sage ich, ohne nachzudenken, auch zu keinem Bestimmten.

Er lächelt. Da haben Sie recht, sagt er mit unüberhörbar amerikanischem Akzent und bestellt ebenfalls ein Bier. Nein, ich will nicht wissen, wohin du zu Silvester fliegst, denke ich. Ich will auch nicht wissen, woher dein Akzent kommt. Er hat kräftige, rosige Hände mit kurzen Fingern, die aber doch nicht wurstartig aussehen, vielleicht wegen der vielen Haare auf dem Handrücken und den Fingergliedern, nur das vorderste Fingerglied ist unbehaart. Eine Massage wäre fein, denke ich, vielleicht kann ich meinen Essensvoucher gegen eine Massage eintauschen?

Sie sind aus Österreich, sagt er. Ihr habt jetzt endlich auch euren Terroranschlag.

Ich wende mich ihm zu und frage mich, ob er einen zu hohen Blutdruck hat oder ob seine Haut vom vielen Sport an der frischen Luft so rosig ist. Wie ein Läufer sieht er nicht aus.

Ja, sage ich, und ich habe diesen Anschlag überlebt, ich war dabei.

Seine Brauen heben sich. Ich bin nicht nur eine anonyme, uninteressante Gestrandete, ich bin eine Überlebende, ich bin eine mächtige, blutverschmierte Spielfigur von globaler Bedeutung. Das gefällt mir. Er hat eine beginnende Glatze, sein Haar ganz kurz geschoren, aber der nackte Kopf ist formschön und männlich. Es ist kein verlegen korrigierter Haarausfall, sondern er trägt den Haarverlust mit Stolz, als wüsste er, dass männliche Haarpracht und Testosteronmangel zusammengehören.

Er fragt mitfühlend, aber zugleich bohrend, und ich erzähle ihm das ganze Schicksal, das ich zusammenstehlen kann, von Marks Erzählungen und den Berichten aus den Medien. Das Klirren der Brandbomben, die durch das kleine Kellerfenster geworfen wurden. Das Feuerfangen der Möbel, der Kunststoffkleidung, die wirr zwischen den Brandherden herumlaufenden Gäste, ihre Schreie, wie sie die Hände und Arme vor den Mund gehalten haben. Der Rauch und wie mir schwarz vor Augen wurde, ich mich aber zusammenreißen konnte, weil ich hinter der Bar war und mir Mark ein feuchtes Tuch vor den Mund gehalten hat. Das verzweifelte Rütteln an der Vordertür, die immer wieder gegen die Schnauze des Lieferwagens geschlagen wurde und nur wenige Zentimeter aufging, das noch verzweifeltere Rütteln an der Hintertür, die verklemmt wurde. Das Husten, das Vergessen des Feuerlöschers. Zusammenbrechende Menschen und die Ewigkeit, die es gedauert hat, bis das Martinshorn zu hören war. Die Hoffnung, die dabei anschwoll, der unbändige Lebenswille, und wie die Tür dann aufging, erst die Hintertür, dann die Vordertür, die Feuerwehrmänner wie Astronauten mit ihren Atemschutzgeräten, die so unglaublich kompetent zupackten, löschten, bargen, schleppten. Dieses Weinen, wenn man in eine Decke gehüllt wird, diese tiefe, tiefe Dankbarkeit und wie ich auf einer Trage saß und mir schwor, mein nächstes Gehalt an die Feuerwehr zu spenden.

Ich lasse die Muskeln meiner Fantasie spielen, und der Rotgesichtige, der Piet heißt, für eine Unternehmensberatung arbeitet und ursprünglich aus Holland kommt, aber so eine komplizierte Familiengeschichte hat, dass er alle deutschsprachigen Dialekte kennt und trotzdem einen amerikanischen Akzent hat, frisst mir aus der Hand. Lügen und Zuhören machen durstig, wir bestellen ein zweites Bier und besprechen mein erlogenes Trauma in einer Ausführlichkeit, die ich wohl nicht anbieten könnte, wenn ich wirklich dabei gewesen wäre, denn viele Gäste wurden ohnmächtig geborgen.

Draußen ist es Nacht geworden, der Sturm peitscht unverändert auf das Hotel ein, die Beleuchtung ist heimelig und ich fühle mich so wohl wie schon lange nicht mehr. Das liegt vielleicht am Alkohol, vielleicht am ungebrochenen Interesse an meiner Person, vielleicht hat es damit zu tun, dass ich sein kann, wer ich will. Vielleicht ist es Piets mitfühlendes Nicken und die Freizügigkeit, mit der er mir seine Familiengeschichte, seine Ehekrise, seine Sorgen mit den Kindern, ein gesundes und ein behindertes, anvertraut. Als er aufs Klo geht, sehe ich auf meinem Handy nach.

Alfred hat geschrieben, kurz, und ich sehe nur die ersten Worte, Treffen wir uns doch am …, das kann ich auch später lesen. Facebook, das scheinbar weiß, dass ich nach Mallorca aufgebrochen bin, zeigt mir aktuelle Berichte über Mallorca in meinem Newsfeed. Es schneit sogar dort, Straßensperren, ein verwaister Strand mit angezuckerten Liegen, krumme Olivenbäume mit schneebedeckten Ästen, irgendwie gefällt mir das, ich lächle. Piet kommt vom Klo zurück und sieht mir über die Schulter, als wären wir ein glückliches Paar, da fliegst du also hin, sagt er. Ich lege meinen Hals von einer Seite zur anderen, es ist eine schamlose Einladung, mir den Nacken zu massieren, aber ein Gefühl sagt mir, dass ich diesen Gefallen erwarten kann. Alfred habe ich noch nie um eine Massage gebeten. Da spüre ich schon seinen Griff in meiner Halsbeuge. Aber nicht hier, sagt er.

Wir gehen in sein Zimmer, er hat einen Queensroom, der größer ist als meiner, aber genauso hässlich, mit derselben profanen Plastikblume auf demselben nutzlosen Zwergentisch vor dem Fenster, das allerdings direkt auf den Flughafen hinausgeht. Während er mir gekonnt und ausgiebig den Nacken und den Rücken massiert, blinzle ich immer wieder auf die Räumfahrzeuge, denn der Sturm lässt nach und es kommt Bewegung in die Aufräumarbeiten. So eine Massage ist natürlich nicht ganz umsonst. Er ist am ganzen Körper so rosig und geschrubbt wie im Gesicht, und während ich ihm gerne einen blase, wundere ich mich darüber, wie zuvorkommend und freundlich zwei Fremde zueinander sein können. So können wir das nicht stehen lassen, sagt er, als ich fertig bin, und so folgt Gegenleistung auf Gegenleistung, bis wir beide erschöpft und glücklich auf dem Rücken liegen, er mich liebevoll umarmt und wir uns ein Bier teilen, das wirklich letzte, und es ist noch immer nicht Mitternacht.

Er erzählt mir von seinem Down-Syndrom-Sohn und wie er ihn mehr liebt als seine gesunde Tochter, und dass ihn das zerreißt. Und er erzählt mir von seiner Frau, die in den Kindern verschwunden ist, von seinem Beruf und seiner Geliebten, und er erzählt von seinen Panikattacken und von seiner ganz großen Liebe, der dunkelbraunen Labradordame, die ihm morgen, wenn er nach Hause kommt, begeistert das Gesicht abschlecken wird. Seine Offenheit fühlt sich wie Liebe an. Es ist so viel mehr, als mir Alfred je erzählt hat, aber es sind Dinge, die mich nichts angehen, von denen ich nicht einmal weiß, ob sie wirklich stimmen. Vielleicht erzählt Piet gerne Märchen nach dem Vögeln.

Möchte ich vielleicht von Alfred auch Märchen hören? Möchte ich vielleicht nur seine Waldhonigstimme hören, als Draufgabe für einen handwerklich einwandfreien Orgasmus?

Geht mich Alfreds Leben wirklich etwas an, wenn er mir bei der kleinsten Verpflichtung zur Last fällt?

Piet spricht fröhlich vor sich hin, ich höre ihm nicht mehr zu, er streichelt dabei meine Schulter, es ist ein monotones Streicheln. Es geht mich nichts an, ob Alfred Valerie noch liebt oder wieder, und auch nicht, wer sein Bett gemacht und seinen Sekt getrunken hat. Ich habe den Fehler gemacht, mich sogar in seinen Tod einmischen zu wollen. Alfred hat nur seine Familie zu beschützen versucht. Die Mauer, die er errichtet hat, gilt nicht mir im Speziellen. Sie verläuft um ihn und seine Kernfamilie, so selbstverständlich wie ein Gartenzaun um ein Einfamilienhaus. Es ist sein gutes Recht, mich nicht total in sein Familienleben einzubeziehen, denn ich habe mich von Beginn an nur als Randfigur eingebracht. Mein Platz war außerhalb des Hauses, außerhalb des Gartens, in einer anderen Stadt. Auch ich habe Alfred auf Distanz gehalten, draußen, aber was habe ich zu beschützen?

Mir fällt nichts ein. Ich wollte nichts beschützen, weil ich nichts geleistet habe, das schutzbedürftig ist. Ist das gut oder schlecht? Eine Kühle macht sich in mir breit, ein Selbstmitleid, das sich aufbläht, größer ist, als ich es mir vorstellen kann. Piets Streicheln wird mir plötzlich unerträglich. Ich spüre, dass ein Weinen in mir hochsteigt, das erspare ich Piet besser, ich springe auf.

Mein Flug geht morgen früh, sage ich schnell, und er nickt. Wir müssen nicht aussprechen, dass der gegenseitige Austausch somit beendet ist, dass das, was passiert ist, so gut geklappt hat, weil es keine Vor- und Nachgeschichte gibt, und er sieht mir beim Anziehen zu, steht mit mir auf, begleitet mich, nackt wie er ist, zur Tür und drückt mich fest, wünscht mir ein schönes Leben, und es klingt gar nicht aufgesetzt oder prätentiös.

Als ich in Frankfurt wegfliege, hat sich Erika schon verzogen, ihre Spuren sind beseitigt, und als ich in Palma lande und aus dem Flugzeug steige, ist dort Frühling, als hätte es keinen Wintereinbruch gegeben, wie Mark es vorhergesagt hat. Ich fahre mit dem Bus nach Palma, finde mich sofort zurecht, checke ins Hotel ein, nehme die Mitleidsbekundungen wegen der ausgefallenen Begleitung und der verzögerten Anreise und des versäumten Silvestergaladiners entgegen und mache mich sofort auf den Weg ins Kloster, das gleich ums Eck ist. In eine schön geflieste Wand ist ein braunes Holzfenster eingearbeitet, das offen steht, darin eine Art Drehscheibe. So wie es im Reiseführer steht, läute ich das Glöckchen, lege das Geld auf die Drehscheibe und warte darauf, dass die Kekse angefahren kommen. Bis heute bringen angeblich Bräute am Tag vor ihrer Hochzeit zwölf Eier zum Kloster, damit es an ihrem Hochzeitstag nicht regnet. Da die Nonnen irgendwann nicht mehr wussten, wohin mit den ganzen Eiern, haben sie beschlossen, daraus Kekse zu backen und sie zu verkaufen. Immer diese komischen Bräuche. Regen ist doch kein Unglück, Schneestürme sind kein Unglück, Eitererreger in Kinderaugen auch nicht, sie können dabei helfen, ungestört guten Sex in Frankfurt zu haben, denke ich. Wie lange kann das dauern, ein Päckchen Kekse auf die Drehscheibe zu legen? Als sich die Scheibe tatsächlich zu drehen beginnt und die Kekse erscheinen, freue ich mich wie ein Kind, würde am liebsten in die Hände klatschen, aber ich bin ganz still und ehrfürchtig und sage brav: Ave María Purísima, wie es im Reiseführer steht.

Die Kekse schmecken mir trotz der schönen Geschichte nicht. Ich stelle sie verschämt neben einen schlafenden Bettler ohne

Beine und gehe ziellos durch die Stadt, bis ich an einem Platz angelangt bin, an dem sich alle Touristen sofort auf einen Kaffee hinsetzen müssen, immer auf jene Seite, die gerade in der Sonne liegt. Es sind hauptsächlich ältere Menschen, die in Gruppen unterwegs sind, festentschlossen, ihren verdienten Ruhestand sinnvoll zu nutzen, die den lustlosen Straßenartisten bei ihren Darbietungen zusehen und dann, wenn jemand mit dem Hut zum Abkassieren kommt, den Kopf abwenden. Ich sitze in der hintersten Reihe des Gastgartens, ein junger Afrikaner jongliert mit schwer mitgenommen aussehenden Bällen, ich schließe die Augen, spüre die Sonnenstrahlen ungewohnt stark auf meiner Haut, lege den Kopf zurück, mein Nacken immer noch steif, aber das macht nichts, ich könnte jetzt einschlafen. Da wird es plötzlich kühl, ich öffne die Augen, der Jongleur steht direkt vor mir und ich werde schrecklich verlegen, krame nach einer Münze, habe keine und werfe einen Fünf-Euro-Schein in seine Haube. Er macht eine tiefe Verbeugung und grinst.

Vater würde sich die Kathedrale ansehen, das Castell de Bellver, die arabischen Bäder, den Almudaina-Palast, ich aber nehme den Bus zum Aquarium, dränge mich an empfindlich laut schreienden Kindergruppen vorbei, durch die Vorhalle, lasse das Mittelmeer rechts liegen und gehe gleich weiter zu den Tropen. Da ist ein Nautilusbecken, darin schaukelt ein einsames Perlboot um einen Korallenfelsen herum. Es sieht aus wie ein Tier, das nicht für Bewegung gemacht ist und besser in einer Vitrine ausgestellt wäre. Can you see it? It swims backwards, sagt ein Engländer zu seinem Kind. Tatsächlich, die Augen und Tentakel schauen nach vorne, aber der Nautilus schwimmt in die Gegenrichtung. Ich frage mich, ob er sich nicht dauernd an Hindernissen stößt, da brummt mein Handy, es ist Mutter. Großmutter ist heute Nacht friedlich gestorben, still und heimlich, heult sie. Sie wolle mir den Urlaub nicht verderben, aber sie wolle es mir auch nicht verschweigen. Ich nicke. Mein Herz schlägt schnell, ich weiß nicht, was ich sagen soll. Ich bin überhaupt nicht traurig, nur verschreckt, weil der Tod schon wieder hinter einer Ecke hervorgesprungen ist. Ich sage ihr, dass ich sie zurückrufe, und gehe weiter, am Dschungel vorbei, ins Medusarium, in dem zwei Kinder Fangen spielen. Der Raum ist dunkel, die Medusen sind in einem Glaszylinder verwahrt und pumpen sich die Wassersäule auf und ab, auf und ab, ein Lichtstrahl taucht sie dabei abwechselnd in grünes, rotes und gelbes Licht. Ich setze mich auf eines der Bänkchen und warte auf Tränen, aber stattdessen stellt sich ein tiefer Frieden ein.

10

Mitleid kann ich keins erwarten, es sieht wohl nicht anstrengend aus. Vielleicht sieht jemand beim Anblick meiner Brustwarzen, dass mir kalt ist, obwohl der Raum vorsorglich geheizt wurde. Die Zeichnenden haben sich ausgezogen, so weit es geht, sie stehen und sitzen in Kurzarmshirts da, manche vor ihren Staffeleien, manche haben ein Brett auf den Knien, einer kauert am Boden, eine Verkniffenheit in ihren Gesichtern, als ob Aktzeichnen mit Kopfschmerzen einherginge. Sie sehen mir nicht in die Augen und ich ihnen auch nicht. Ganz genau schauen, sagt der Professor zu einer jungen Frau und weist in Richtung meiner Schulter, die er detailliert in die Luft zeichnet, das ist kein geknicktes Würstchen, da ist ein komplexes Kugelgelenk drin und Muskeln und Knochen, sehen Sie hier und hier und hier, die Schatten sind anatomische Hilfslinien.

Mein portugiesischer Compagnon, wie ihn der Professor angekündigt hat, ist teigig und haarig, hat so einen Hipster-Dutt und versteht kaum Deutsch, aber er macht alles mit maximalem Einsatz wett. Wir bekommen nur die Order stehend, sitzend, liegend, auf Englisch, aber wie wir es machen, bleibt uns überlassen. Der Compagnon ist bestimmt ein Exhibitionist, er gibt sich seit einer Stunde alle Mühe, den Zeichnenden in jeder Lage irgendeine Intimzone entgegenzurecken; im Liegen hat er die Beine unnötig weit gespreizt, im Sitzen hat er die Arme hinter dem Kopf verschränkt und sein verklebtes Achselhaar präsentiert, und gerade hat er eine Position eingenommen, die man als Hund in Spielaufforderung bezeichnen könnte. Die muss er jetzt zehn Minuten durchhalten. Die Zeichner quittierten die Pose mit einem Sesselrücken. In einem der Spiegel, die überall herumstehen, kann ich seine asymmetrischen Hoden sehen, die mich in ihrer exponierten Schlaffheit gleichzeitig abstoßen und anrühren. Bestimmt zeichnen alle mich, erstens weil ich appetitlicher aussehe, und zweitens um den Compagnon mit Verachtung zu strafen.

Es ist diese Stunde zwischen Hell und Dunkel, ein schwaches, blaustichiges Grau, aber noch nicht dunkel genug, dass ich mich maßgetreu im Fenster spiegle. Das Glas gibt verzerrte Umrisse von mir wieder, das Spiegelbild sieht nicht aus wie ich, es ist nur eine betrunkene, verwackelte Ansicht, wie Aufnahmen, die während einer Erschütterung gemacht wurden.

Wie bitterlich Daniel bei Omas Begräbnis weinte. Auch die Klette heulte, aber eher vorschriftsmäßig; ich nahm sie zum Vorbild. Der Pfarrer hatte einen polnischen Akzent, der der gut geölten Prozedur nichts anhaben konnte. Vater und ich flankierten Mutter, wir legten abwechselnd einen Arm um sie. Hilda stand hinter Vater und Friedrich, und ich versuchte, meine Familie zu spüren, die genetische, herzliche Verbundenheit, die in solchen Momenten aufkommen sollte, aber unsere Gemeinsamkeit äußerte sich nur darin, dass wir alle vor diesem Grab standen. Später im Wirtshaus, beim Rindfleisch mit Semmelkren, saßen wir in einem kleinen Nebenraum mit dunkelbrauner Wand- und Deckenvertäfelung zusammengedrängt wie auf dem Boden einer Holzkiste, und als die Klette trotzig ihre rückversichert veganen Pommes frites ins Ketchup tauchte und Friedrich die Augen verdrehte und rundum alle schmatzten und nichts geredet wurde, fühlte ich es plötzlich: ein vertrautes, leichtes Unbehagen, das uns eint, und die Lust am Schweigen.

Ich lasse meinen Blick über die Studenten wandern. Man sieht sofort, ob jemand zeichnet oder gafft, das weiß ich schon nach der ersten Stunde. Die Gaffer konzentrieren sich nicht, sondern konsumieren, und dazwischen lauern sie immer dem Blick des Modells auf, um eine Beziehung herzustellen. Ein bisschen Gesicht muss sein, sogar in Pornos. Aber ignorieren hat bis jetzt genügt, sie geben auf, blinzeln und zeichnen weiter. Manchen sieht man an, dass sie Künstler sind, manche machen einen deplatzierten Eindruck.

Ich sehe auf den Wecker, der vor mir steht, noch acht Minuten, und dazwischen suche ich Flecken auf der Wand, Spinnweben, alles, was ich mit meinen Blicken abtasten kann, ohne den Kopf zu bewegen und ohne den Blick der Zeichnenden zu kreuzen. Zwanzig Euro pro Stunde, an der Uni bin ich schon für die nächsten drei Wochen gebucht, auch für zwei VHS-Kurse. Wenn ich nicht krank werde, rechne ich weiter, kann ich so auf jeden Fall 560 Euro im Monat verdienen. Im Krankenhaus, wo ich in der zweiten Runde der Vorstellungsgespräche war, haben sie gesagt, dass die Stelle nicht vor März besetzt wird und dass ich nächste Woche Bescheid bekomme. Das Vorstellungsgespräch führte eine Ärztin, eine kleine Frau mit Manga-Augen stellte mir erwartbare Fragen. Ob ich diese und jene Zusatzausbildung hätte. Nein, aber zwei Jahre Medizin studiert, log ich. Einen Nachweis wollte sie gar nicht sehen, sie hat es einfach geschluckt, nickte zufrieden und schrieb alles mit. Warum ich wieder anfangen möchte, wollte sie wissen. Wegen des Anschlags, log ich, er hätte meine Lebenspläne wieder eingenordet. Sie nickte begeistert, als hätte ich eine Prüfungsfrage sehr richtig beantwortet. Die Ärztin zeigte mir die Abteilung, als wäre meine Anstellung schon fix. Ich betrat hinter ihr die Therapieräume, das Schwesternzimmer, ein Krankenzimmer. Sie weiß nicht, dass ich es mir noch gar nicht vorstellen kann. Sie plauderte über ihren Urlaub, fragte mich nach meinen Hobbys – Klavierspielen und Bergsteigen, log ich –, die Bewerbungsfragen dazwischengestreut wie Tretminen. Als ich das Krankenhaus verließ, fiel mein Blick auf einen gebückt gehenden jungen Mann, der mich tapfer anlächelte, und der Finanzbeamte wälzte sich in meinem Kopf hin und her, meine Hände auf seiner klebrigen Haut.

Nächste Woche sagen sie Bescheid. Nächste Woche, erinnere ich mich, hat Elias seinen Skikurs, und nächste Woche kommt Alfred von seinem »Retreat« zurück, wie er sagt.

Letzte Woche im Kaffeehaus sah er rosig aus, aber dünn, nervös. Er erzählte von Schmerzen, Schwindel, den er anfangs nicht gehabt hat, von neuen Medikamenten, die er schlechter verträgt als die alten, und nicht so guten Blutwerten, mit denen er nicht gerechnet hat. Es war eine komplexe Krankengeschichte, und ich war eine gute Zuhörerin. Er sprach von einer organischen Eingewöhnungsphase und davon, dass er nie wieder eine Reha brauche, sondern einen Retreat am Semmering, im Looshaus, den er sich jetzt gönnt, allein. Die Küche dort, schwärmte er, ich müsse irgendwann einmal hinfahren und eine gebratene Forelle essen. Dann beugte er sich ein wenig nach vorne und sprach Urteil über den Erfolg seiner bisherigen Behandlung. Dass er weder wissen müsse, wie man fettarme Muffins backt, noch wie man jongliert. Dass er einen Kurs gebraucht hätte, um darin seine Beziehungen zu ordnen, dass das berufliche und private Flechtwerk ihn erdrücke. Dass er viel zu wenig auf sich selbst geschaut habe. Dass er sich eine Altersteilzeit überlege. Dass es ihm nach dem Blick auf Berge verlange und nach dem Blick von Bergen hinunter. Dass er überlege, den ganzen Sommer in Schönkirchen zu verbringen. Dass er mich vermisse. Dass Elias nach mir gefragt habe. Bei Elias zog sich mein Hals zusammen. Er machte eine Pause und beobachtete meine Reaktion mit verschränkten Händen.

Und weiter, fragte ich.

Ja. Weiter oder nicht weiter, sagte er, und es klang wie ein Selbstgespräch.

Werde ich jetzt abserviert, fragte ich mich und senkte den Blick. Und warum es so wehtat, wenn er aussprach, was ich mir schon so lange dachte. Er umfasste meine Hände mit seinen und schwieg. Sein Daumen strich dabei über meine Knöchel. Seine Hände wollten jedenfalls weitermachen; meine auch.

Wie meine Kopfhaut zu schmerzen beginnt, jetzt, es ist Haarweh, ich habe schon seit Jahren kein Haarweh mehr gehabt. Ich muss den Zopf öffnen, sobald die Pose vorbei ist, aber danach wird es eine Weile noch mehr schmerzen.

In der Pause wickeln wir uns in unsere Leintücher, die wir bei den sitzenden und liegenden Positionen unterlegen, wie in eine Toga. Ich stelle mich ans Fenster und gebe mir Mühe, nicht angesprochen zu werden. Mein Compagnon geht ein paar Schritte den Gang auf und ab, dann holt er einen Apfel und eine Buttermilch aus dem Zeichensaal, lehnt sich ans Fensterbrett und bietet mir den Apfel an. Ich lehne dankend ab. Er beißt abwechselnd in den Apfel und trinkt dazu schluckweise die Buttermilch.

You know, being naked is the spirit of freedom, sagt er plötzlich mit vollem Mund. I will show my ass to everyone I like.

Ich nicke.

Sitzend, bitte, sagt der Professor, und ich setze mich rittlings auf einen Sessel, stütze mich mit verschränkten Armen auf seine Lehne und öffne die Haare. Der Professor sieht von einer Arbeit, die er gerade korrigiert hat, auf und sagt mir, ich solle die Haare wieder zusammenbinden oder so drapieren, dass sie die Schulterpartie nicht verdecken. Ich greife nach den Haaren und wickle sie um den Hals nach vorne. Sie schmerzen, jedes einzelne fühlt sich an, als wären die Haarwurzeln eingeschlafen und gerade erwacht. So müssen sich Schnurrhaare anfühlen, denke ich.

Lass mich noch eine Woche nachdenken, sagte Alfred und rief die Kellnerin. Es ist viel passiert. Sein Mund war verzogen, und ich dachte an sein Herz, in dem der Stent steckt. Wir brauchen neue Regeln, wenn es weitergehen soll. Wenn ich von meinem Retreat zurückkomme, weiß ich mehr. Ich hätte mich gerne entschuldigt, aber dazu hätte er mir zuerst sagen müssen, dass ich ihn verletzt habe. So kleinlich rechne ich. Das Lügengebilde, das uns trennt, ist wie eines dieser Gerüste aus meinen Träumen, es schwankt und zittert, ich weiß nicht, warum ich auf ihm herumklettere und wer es errichtet hat. Ich hätte gerne gesagt: Ich habe mich vertrottelt benommen, das wollte ich nicht. Ich hätte gerne etwas über die sich gegenseitig ansteckende Unverbindlichkeit gesagt, ich hätte am liebsten kleine Therapiepüppchen ausgepackt, eine kleine Valerie, einen kleinen Elias, die kleine Sektflasche, die ich in seinem Mistkübel gefunden habe. Ich hätte den kleinen Alfred eingekreist und die kleine Annika einen Annäherungsversuch machen lassen können und sie dann achtlos vom Kaffeehaustischchen schnippen.

Die Kellnerin kam, er zahlte ungefragt die ganze Rechnung und steckte das Wechselgeld in seine speckige Geldbörse.

Positionswechsel, sagt der Professor, bitte liegend. Ich lege mich auf den Rücken, den Kopf den Zeichnern zugewandt, positioniere die Beine von unten auf einen Stuhl und breite die Haare aus. Ich stelle mir vor, wie die Waden platt aufliegen, wie mein Körper aus der Perspektive des direkt vor mir Sitzenden gnomenhaft verkürzt wird, wie sie sich abplagen, mich auf Papier zu bringen, ohne dass ich verwachsen aussehe.

Alfred unangekündigt im Looshaus zu besuchen, war keine spontane Entscheidung. Es kostete mich drei Tage bittere Reflexion, eine Stunde Anreise mit dem Zug, sechzehn Euro Taxifahrt und alles wieder retour. Auf den Hängen des Kreuzbergs lagen Schneeflecken, der Jugendstilbau wirkte wuchtig und heimelig zugleich, die großen Fensterfronten mit grünen Fensterläden, von denen Alfred geschwärmt hatte. Ich stieg aus dem Taxi, blieb kurz stehen, drehte mich um, direkt vor mir prächtig und winterlich im frühabendlichen Gelbton der Schneeberg und obenauf ein kleines Gebäude. Ist das eine Hütte, fragte ich den Taxifahrer. Das ist das Elisabethkirchlein, sagte er ein bisschen abfällig, stellte sich breitbeinig vor den Berg hin, zündete sich eine Zigarette an und inhalierte den Rauch gierig. Die Hand mit der Zigarette zeigte ein bisschen weiter nach links. Die Fischerhütte ist da drüben. Er zog noch einmal, Rauch quoll aus seinem Mund. Die sperren im Mai auf. Suchen immer Personal. Haben's keine Lust? Er grinste. Ich zuckte die Achseln, ging über den knirschenden Kiesweg, um Alfred aus meiner halbherzigen Umarmung zu befreien.

Letzte Position für heute, sagt der Professor, ich möchte, dass Sie lange hinsehen, die Augen schließen und mit geschlossenen Augen zeichnen. Ich möchte, dass sich Ihre Hände erinnern.

Das würde ich auch gerne probieren, mit geschlossenen Augen sehen und zeichnen, wahrscheinlich ist es ein wildes Durcheinander von Augen, Beinen und Armen, vielleicht war das Picassos Trick. Draußen ist es mittlerweile dunkel geworden, und die Figur, die ich ist, nimmt ihre letzte Pose ein, während die Zeichnenden gehorsam ihre Augen schließen. Ich umarme mit der Rechten meine Taille, beuge den Kopf und versuche, mir mit der Linken zwischen die Schulterblätter zu greifen, so wie Alfred es macht, wenn er in Gedanken versunken ist.

Ich sah ihn von hinten, er saß auf der Terrasse, in seiner dunkelgrünen, warmen Tweedjacke, lässig sah er aus mit seinem melierten Schnöselschal, wie er schief am Tisch lehnte und sich auf seine Linke aufstützte, die Rechte spielte mit einem Zuckersäckchen. Die Frau, die ihm gegenüber saß, war eine jüngere Ausgabe von Valerie, auf die Art und Weise Ende vierzig, dass sie wie Anfang vierzig aussah, große, ausgeföhnte Locken, aber nicht honigfarben, sondern braun mit Rotstich, glänzend und leuchtend wie frisch ausgelöste Kastanien. Sie trug eine flauschig aussehende petrolfarbene Strickjacke, Mohair wahrscheinlich, mit Echtpelzkragen, die für die Nachmittagssonne warm genug gewesen sein mochte, aber jetzt, im Schatten, wird sie wohl bald frieren. Alfred und sie waren sich nicht physisch nahe, noch nicht. Ich hörte seine weiche, einlullende Stimme, dazwischen das glucksende Lachen der Frau. Sie würden bald ins Lokal gehen, drinnen weiterreden und -trinken, sich schrittweise näherkommen, zuerst würden lange Pausen entstehen, dann würden sich ihre Hände berühren. Ich blieb stehen, um sie nicht zu stören, sie bemerkten mich gar nicht, sie waren so vertieft ineinander, dass sie meine Schritte nicht hörten, die plötzlich innehielten und sich nach einer Weile wieder entfernten.

Das Taxi stand immer noch auf dem Parkplatz, der Fahrer genoss die Aussicht auf den Berg, seine nächste Zigarette war schon wieder bis zum Filter hinuntergeraucht. Im Nachmittagslicht hatte der Schneeberg begonnen, zu leuchten, und oben, auf der orangefarbenen Kuppe, prangte die kleine Kirche wie eine glühende Brustwarze. Der Taxifahrer war nicht verwundert, dass ich wieder da war, schnippte die Zigarette in den Kies und öffnete mir höflich die Tür, als wäre ich ein neuer Fahrgast.